알 수 없는 발신자

프루스트 미출간 단편선

알 수 없는 발신자

프루스트 미출간 단편선

마르셀 프루스트 지음 │ 뤼크 프레스 해제 │ 윤진 옮김

문학동네

일러두기

1. 이 책의 번역 대본은 *Le Mystérieux Correspondant et autres nouvelles inédites* (Marcel Proust, Paris: Éditions de Fallois, 2019)이다. 한국어판을 계약한 이후 팔루아출판사가 문을 닫으면서, 이 판본은 2021년 갈리마르에서 편집 구성만 달리해 다시 나오기도 했다.

2. 본문에서 프루스트의 작품(『잃어버린 시간을 찾아서』『서간집』『수첩』)은 [ ] 안에 넣어 원서의 페이지와 함께 표시했고, 나머지 참고 도서는 다른 원주들과 함께 각주로 통일했다. 옮긴이주는 번호 뒤에 *를 넣어 표시했다.

3. 약어로 표시된 [Éb.]는 초고(Ébauche)를, [Var.]는 이본(異本, Variant)을, [Ms.]는 수고본(Manuscrit)을 가리킨다. [sic]은 '원문 그대로임'을 뜻하며, 육필 원고 자체의 불분명한 해독을 포함한다.

4. 본문의 고딕체는 원서에서 이탤릭체로 강조한 부분이다.

5. 단행본과 신문은 『 』로, 단편이나 기사 등은 「 」로 표시했다.

프랑스판 편집자의 말

베르나르 드 팔루아Bernard de Fallois는 『잃어버린 시간을 찾아서』의 탄생 과정에 관한 개인 연구를 위해 자신이 수집한 자료 전체를 다른 연구자들도 이용할 수 있도록 하겠다는 의사를 공식적으로 표명했다.

무엇보다 그에게 중요한 것은 자신의 사후에 그 자료들이 경매장에서 흩어져버리는 위험을 피하고, 독자들에게 보다 완전한 프루스트의 작품을 알리는 것이었다.

이 책은 그의 굳은 의지에 부응해 출간되었다.

차례

Le Mystérieux Correspondant
et autres nouvelles inédites

서문

뤼크 프레스
(스트라스부르대학 교수)

아무도 들어본 적 없는 프루스트의 단편소설 원고를 발굴하기란 분명 흔한 일이 아니다.

1978년에 「무심한 사람」이 갈리마르에서 소책자로 출간되었다.[1]* 필립 콜브[2]*가 프루스트의 서간집을 출간하기 위해 편지들을 조사하던 중 19세기 말에 발행된 어느 잡지에 실렸던 이 단편을 찾아냈다. 「무심한 사람」은 당시 잊힌 상태였다. 적어도 독

1* 「무심한 사람」(1896)은 이후 1993년 갈리마르에서 출간된 『쾌락과 나날Les Plaisirs et les Jours』에 「추억」(1891), 「밤이 오기 전에」(1893), 「추억」(1893) 등과 함께 '남은 작품들Reliquat'로 수록되었다.
2* Philip Kolb(1907~1992). 미국 일리노이대학 교수이자 프루스트 연구자. 프루스트 탄생 100주년인 1971년의 1권을 시작으로 1993년까지 스물한 권의 『프루스트 서간집』을 출간했다.

자들에겐 그랬다. 하지만 프루스트는 『잃어버린 시간을 찾아서』의 1권 『스완네 집 쪽으로』 중 「스완의 사랑」을 쓸 때 「무심한 사람」을 완벽하게 기억하고 있었다.

이 책에 수록된 글들의 경우는 보다 특별하다. 「무심한 사람」과 마찬가지로 『쾌락과 나날』에 실린 글들과 같은 시기에 쓰였지만 한 번도 출간된 적 없는[3] 단편소설들이기 때문이다. 적어도 현재 우리에게 알려진 자료들에 따르면, 프루스트는 초고 상태로 가지고 있던 그 수고본 원고들에 대해 아무한테도 말하지 않았다.

이 책으로 처음 소개되는 단편소설들은 어떤 내용을 담고 있는가? 프루스트는 왜 자신의 원고에 대해 아무에게도 말하지 않았는가? 혼자 가지고 있기 위해서라면 무엇 때문에 썼는가?

이 모든 수수께끼에 확실한 답을 제시할 수는 없지만, 그 글들의 주제는 꽤 많은 것을 시사한다. 그러니까 그 글들은 거의 대부분 동성애 문제를 다룬다. 프루스트는 자신이 늘 품고 살던 문제를 이미 알려진 다른 글들에서처럼 여성 동성애로 옮겨놓기도 하고, 그러한 변조가 없는 글들도 있다. 작가에 관해 너무 많이 보여주는, 아마도 그 시대에는 추문을 피하기 어려웠을 글들을 쓰고 나서 프루스트는 혼자만의 것으로 간직하기로 했을 것

---

3 「어느 대위의 추억」은 예외다. 이 책의 77쪽 작품 앞의 소개글을 참조할 것. 다만 「어느 대위의 추억」의 수고본 원고는 이 책에서 처음 검토하고 소개된다.

이다. 하지만 중요한 것은 그런 글을 쓰려는 욕구가 있었다는 사실이다. 결국 듬성듬성한 덧창으로 주제를 드러내 보이는 이 글들은 프루스트가 그 누구에게도 고백한 적 없는 내면 일기인 셈이다.

사실 이 글들 안에 관음증을 불러일으킬 외설적인 내용은 전혀 없다. 프루스트가 살았던 시대에 그의 가정환경이나 사회적 통념과 관련하여 추문을 일으킬 만한 요소가 있었다면, 바로 동성애 자체. 앞으로 보겠지만, 이 책에 실린 프루스트의 단편소설들은 놀라울 정도로 다양한 길을 통해 동성애의 심리적이고 도덕적인 문제들을 깊이 파고든다. 무엇보다 그로 인해 고통받는 심리 상태를 드러낸다. 이 글들은 프루스트의 내밀한 삶을 침범하는 게 아니라, 인간적인 경험을 이해하게 해준다.

2018년 1월에 사망한 베르나르 드 팔루아의 자료에 포함되어 있던 이 작품들이 왜 오랫동안 세상에 나오지 못했는지, 프루스트가 어떤 맥락에서 이 작품들을 썼는지 혹은 초안을 잡았는지, 그리고 어떻게 이 글들이 일반 독자는 물론이고 프루스트 주변의 눈길들까지 피할 수 있었는지 알아볼 필요가 있다.

—

오늘날에는 그렇지 않지만, 프루스트의 문학적 운명과 관련해 그가 단절된 두 개의 삶을 살았다고 믿던 시절이 있었다. 그 두 삶은 바로 단춧구멍에 꽃을 꽂고 살롱을 드나들던 청년 시절과 장년에 이르러 대작을 집필하겠다는 일념으로 글을 쓰던 시기다. 그리고 그는 간신히 그 대작을 마친 뒤 쉰한 살에 죽음을 맞았다.

마르셀 프루스트. 프랑스 문학의 기념비이자 세계적인 문화유산이라 할 『잃어버린 시간을 찾아서』의 저자. 『잃어버린 시간을 찾아서』를 이루는 책들이 1927년까지 한 권씩 출간될 때 당대의 독자들은 곧바로 그 사실을 깨달았다. 하지만 완성된 『잃어버린 시간을 찾아서』가 너무 방대하고 너무 많은 것이 담긴 대작이었기에 그 전체를 평가하는 일은 나중으로 미루어졌다. 어쨌든 프루스트는 발자크와 같은 나이에, 어느 정도 비슷한 이유로, 글을 쓰다가 죽음을 맞았다. 프루스트는 정말로 그전까지 거의 아무것도 쓰지 않다가, 다시 말해 『잃어버린 시간을 찾아서』의 주인공이 『되찾은 시간』에 이르기까지 기다렸듯이 아무 생각 없이 기다리다가 몸이 쇠약해지기 시작했을 즈음 초인적인 문학적 시도에 착수했던 걸까?

『잃어버린 시간을 찾아서』를 제외하면 마르셀 프루스트에게 무엇이 남을까? 우선 젊은 시절의 소품이라 할 수 있는 『쾌락과 나날』이 있다. 19세기 말에 출간되어, 다음 세기에 위대한 작품을 낳게 될 문학적 천재의 출현을 지켜보라고 권하는 책이다. 이어 그가 번역한 존 러스킨의 작품들은 성당과 독서에 관한 것이라는 점에서[4*] 이후 세상에 나올 프루스트의 대작과 관계가 없지는 않다. 하지만 거기까지가 전부였다. 내용이 잡다한 책 한 권, 번역가이자 작가.

정확히 20세기 중반에 바람의 방향이 바뀌기 시작했다. 1949년 아셰트에서 출간된 앙드레 모루아[5*]의 『마르셀 프루스트를 찾아서』는 프루스트가 『잃어버린 시간을 찾아서』에 이르기까지 어떻게 발전해왔는지 보여준다. 프루스트의 편지들을 검토하던 모루아는 그가 마지막 순간에 기적처럼 글을 써낸 게 아니라, 그전부터 계속 글을 쓰려고 노력했음을 알려주는 말들을 찾아냈다. 모루아는 또한 한 젊은 연구자, 즉 교수 자격시험을 통과한 뒤 프루스트에 관한 박사논문을 쓰기 위해 파리대학의 입학 허가를 기다리던 베르나르 드 팔루아를 만났고, 전기를 쓰는 과정에서 알게 된 프루스트의 조카에게 그 젊은 연구자를 소개했다. 고인이 된 아버지의 뜻을 이어 마르셀 프루스트가 남긴 작품들을 찾는 일에 헌신하던 쉬지 망트프루스트였다.[6*]

베르나르 드 팔루아는 프루스트의 가족이 가지고 있던 자료들을 확인하고 경매품 목록들을 뒤져보기 전부터 프루스트가

4* 존 러스킨의 『아미앵의 성서』와 『참깨와 백합』을 말한다.
5* 『영국사』(1937), 『프랑스사』(1947) 등의 역사서로 이름을 알렸으며 프루스트, 상드, 위고, 발자크 등에 대한 소설 형식의 전기를 쓰기도 했다.
6* 마르셀 프루스트의 동생으로 외과의였던 로베르 프루스트는 형이 사망한 뒤 자크 리비에르 등의 도움을 받아 남은 원고를 정리하여 『갇힌 여인』 『사라진 알베르틴』 『되찾은 시간』을 출간했다. '쉬지Suzy'라는 별명으로 불리던 아드리엔 망트프루스트는 로베르 프루스트의 외동딸이다.

게으르게 무위도식하던 젊은 시절을 벗어나 단숨에 문학의 금자탑을 이룰 수 있었다는, 당시만 해도 많은 사람이 받아들이던 견해에 대해 회의적이었다. 그는 『잃어버린 시간을 찾아서』 이전의 작품들이 과소평가되어서는 안 된다고 믿었고, 창작이 나아가는 방향이라는 관점에서 볼 때 그 작품들은 프루스트가 지속적인 발전을 거쳐 위대한 작가가 되었음을 보여준다고 여겼다. 다시 말해 사교계 살롱을 드나들던 젊은 시절의 프루스트는 샤를 스완과 전혀 달랐고, 오히려 자신이 무엇을 쓸 수 있는지에 대해 치열하게 물음을 던지고 있었다는 것이다.

이러한 관점에서 『쾌락과 나날』(1896)부터 존 러스킨의 『아미앵의 성서』(1904)와 『참깨와 백합』(1906) 번역에 이르기까지, 『잃어버린 시간을 찾아서』 이전의 글들은 위대한 작품의 찌꺼기가 아니라 풍부한 문학적 실험으로 간주되어야 한다. 그것은 마치 용해중인 물질처럼 글이 끓고 있는 실험실이었다. 문제는 『잃어버린 시간을 찾아서』와의 시간적 거리가 너무 멀다는 것이다. 따라서 장래성 있는 젊은 작가가 기회가 오면 다시 시작할 요량으로 계속 뒤로 미루면서 자신의 탐구와 물음을 중단했다고 생각하기는 어렵다. 이미 알려진 초기작들과 『잃어버린 시간을 찾아서』 사이가 비어 있는 것은 프루스트가 글을 쓰지 않아서가 아니라, 프루스트가 쓴 글을 우리가 알지 못해서 생긴 공백이었다.

그리고 마침내, 베르나르 드 팔루아가 체계적인 방법을 사용하고 기록보관소 담당자에 버금가는 인내심을 발휘하여, 프루스트의 가족이 가지고 있던(이후 1962년에 국립도서관에 기증된) 보존 자료들 속에서 그동안 알려지지 않았던 원고를 찾아냈다. 그리고 그 원고의 양이 금세 늘어났다. 여러 개로 나뉘어 있고, 내용이 작가의 전기와 아주 가깝지만 역설적으로 삼인칭으로 쓰인 그 원고들은 장 상퇴유라는 인물의 삶의 시간적 순서에 따라 정리되어 한 편의 방대한 소설로 만들어졌다. 주인공의 이름을 따서 『장 상퇴유*Jean Santeuil*』(1952)로 나온 이 소설은 앙드레 모루아의 서문과 함께 갈리마르에서 출간되었다. 이와 관련된 편지들과 다른 글들을 읽어보면 『장 상퇴유』가 1895년과 1899년 사이에 쓰였음을 알 수 있다. 다시 말해 프루스트는 그 시기에 아무것도 안 한 게 아니었다. 그는 『쾌락과 나날』이 출간되기 전에 이미 『장 상퇴유』에 착수했다. 원고를 체계적으로 분류하고 시간순으로 정리한 『장 상퇴유』가 미완성 상태임에도 상당히 두터운 분량임을 고려할 때, 프루스트는 『쾌락과 나날』을 끝낸 뒤 곧바로 그 글을 쓰기 시작했을 것이다.

이렇게 『쾌락과 나날』과 존 러스킨 번역을 잇는 다리가 놓인 뒤에, 베르나르 드 팔루아는 종이와 공책에 쓰인 또다른 원고를 찾아냈다. 생트뵈브의 전기적 방법론을 반박한 시론이었다. 『잃어버린 시간을 찾아서』를 막 시작하던 1908년경에 쓴 이 글은 『잃어버린 시간을 찾아서』가 논쟁적인, 하지만 철학적으로 논증된 한 시론과 같은 시기에 태어났음을 말해준다. 프루스트는 몇 번인가 자신의 초고들 가운데 이 시론만 따로 출간할 생각을 하기도 했다. 그런데 그것은 사실상 시론이라고 말하기 어려운 글이다. 시론인 동시에 소설이다.

그처럼 혼종적인 글은 비평의 분류 작업을 힘들게 한다. 하지만 베르나르 드 팔루아에게는 전혀 문제되지 않았다. 그는 이미 프루스트가 크게 애착을 갖지 않았던, 그러니까 『잃어버린 시간을 찾아서』가 아니기에, 한 권으로 묶였다는 사실 외에는 통일성이 없는 책이었기에 그다지 좋아하지 않았던 『쾌락과 나날』을 하나의 일관된 전체로, 풍부하고 다양하면서도 모든 것이 서로 연관되는, 모든 것이 제자리에 있고 모든 것이 뒤이어 나올 것을 준비하는 하나의 전체로 재해석해냈다. 마찬가지로 생트뵈브에 대한 체계적인 반박이 발자크에 대한 게르망트 공작의 성찰과 섞이면서 문학이론에 관한 시론이 소설로 변하는 이 글 앞에서도 팔루아는 당황하지 않았다.

그는 자신이 찾아낸 책을 선입견에 따라 재배치하지 않고 그대로 세상에 내놓았다. 그렇게 프루스트가 편지들 속에서 이따금 언급한 제목 그대로 『생트뵈브 반박 Contre Sainte-Beuve』(1954)이 출간되었다. 팔루아가 나중에 지적했듯이, 연구자들이 전기적 관점에서 프루스트에게 다시 관심을 쏟기 시작하던 시기에 정작 프루스트가 전기적 비평을 반박해놓은 글이 출간된 것은 역설이 아닐 수 없었다! 한편 그 시기는 작가들을 그들을 둘러싼 것(어떤 책을 읽었고 어떤 환경에서 살았는지, 어떤 문학 유파에 속

했는지, 그리고 그들이 살면서 처한 모든 상황까지)을 통해 보여주려 하던 문학사의 치세가, 반대로 작품을 그 자체로 다루면서 내적 구조를 읽어야 한다고 주장하는 학파에 밀려 내리막길로 접어들던 때였으니, 때를 아주 잘 골랐다고 말할 수도 있다. 그 상황에서 마르셀 프루스트의 보증은 얼마나 확실한 힘이 되었겠는가! 하지만, 베르나르 드 팔루아는 그러한 경향에 영합하지 않고, 자신이 세상에 내놓은 프루스트의 시론에서 중요한 교훈을 취한다. 『마르셀 프루스트에 관한 일곱 번의 강연*Sept conférences sur Marcel Proust*』(2019)에서 그는 프루스트의 삶이 그토록 흥미로운가? 하고 물었다. 그의 대답은 '아니다'였다.

프루스트 연구의 개척자인 팔루아는 박사논문을 위한 연구를 이어갔다. 논문이 대학에 제출된다면 그 주제는 '『잃어버린 시간을 찾아서』에 이르기까지 프루스트의 창작 발전 과정'이 되었을 것이다. 하지만 논문은 완성되지 못했다. 프루스트의 중요한 원고를 찾아내 책 두 권을 출간한 베르나르 드 팔루아에게 출판계의 문이 열렸고 아마도 팔루아는 그뒤로 논문 작업을 멈춘 것 같다. 1부와 2부는 완성되어, 팔루아 주변의 지식인들이 그 원고를 읽어보았다. 이후 1부는 유실된 듯하고, 아쉽게도 논문은 2부에서 끝났다. 하지만 그 2부는 온전히 자율적인 시론이었고, 훗날 『프루스트 이전의 프루스트*Proust avant Proust*』(2019)라는 제목으로 레벨레트르에서 출간된다. 유행을 타지 않고 지속적으로 읽히는 책이 되는 것이 이상적인 학위논문이라면, 베르나르 드 팔루아의 논문 2장이 그랬다. 그것은 학술적인 글임에도 지식을 전달하는 필치가 더없이 경쾌하다. 오늘날 우리에게 알려지기까지 두 세대 동안 잠들어 있었음에도, 그 글의 놀라운 독창성과 참신함은 조금도 무뎌지지 않았다.

『프루스트 이전의 프루스트』에서 우리는 팔루아가 『쾌락과 나날』과 관련하여 마치 오르간 스톱처럼 미세한 차이들을 반영해 분류해놓은 풍부한 자료들을 볼 수 있다. 프루스트가 생트뵈브를 비방하며 그랬고 사실 생트뵈브도 그랬듯이(무시할 수 없는 모순이다!), 팔루아는 작품의 독서에 저자의 전기가 빠질 수 없음을 알았다. 하지만 그럴 때 전기는 프루스트와 동시대의 가장 뛰어난 비평가들이 심리적 전기라 불렀던 내면적인 전기다. 작가가 겪은, 언뜻 별 관련 없어 보이는 일들 안에서 태어나고 있는 구조들을 파악함으로써, 작품을 풍요롭게 만들어줄 전망을 읽어내는 것이다.

베르나르 드 팔루아는 그런 구조적인 시선으로 『쾌락과 나날』 속에서 서로 어울리지 않아 보이는 텍스트들을 되짚어봄으로써 동일한 한 가지 탐구, 문학적 시도를 찾아냈다. 당시 프루스트는 젊은 작가였으니 그 시도를 자기 목소리 찾아가기라고 부를 수 있겠다. 그런데 워낙 어려운 시도였기에 하나의 같은 목표를 향하는 여러 다른 길을 지나야 했다. 베르나르 드 팔루아의 통찰력은 젊은 프루스트의 글에서 『잃어버린 시간을 찾아서』를 예고하는 요소들을 확인하는 데 그치지 않고, 이후의 프루스트 글에서는 사라진 입장들을 간파해냈다. 다시는 볼 수 없는, 단 한 번 드러난 그것들은 『잃어버린 시간을 찾아서』의 프루스트가 어떤 조건에서 글을 썼는지에 대해 많은 것을 알려준다.

또한 베르나르 드 팔루아는 그러한 장기적인 구조들을 염두에 두고 자료를 정리·분류하는 과정에서, 『쾌락과 나날』에 실리지 않았고 당시 잡지에도 발표된 적 없는 글들을 찾아냈다. 그 일부는, 프루스트가 레날도 안[7*]과 함께 마른에 있는 르메르 부인 소유의 레베용성城에 머물며 『쾌락과 나날』에 수록될 몇 편의 글을 함께 쓰고(처음에 프루스트는 이 책에 '쾌락과 나날' 대신 '레베용성'이라는 제목을 붙일 생각이었다) 또 기욤 아폴리네르가 1912년에 시집 『알코올』을 만들면서 사용하게 될 방식과 비슷하게 원고들의 자리를 바꾸고 덧붙이고 잘라내던 시기에 자필로 써놓은 목차에는 포함되어 있다.

낱장 종이들에 적혀 있는 그 글들은 단편소설이었다. 『쾌락과 나날』에 수록되어 우리가 이미 알고 있는 단편소설들과 같은 시기에 쓰였고 내용도 상당 부분 연결된다. 하지만 프루스트가 최종적으로 『쾌락과 나날』에 포함시키지 않은 그 글들을 따로 읽어보면, 미발표 작품들만의 특수한 언어를 발견할 수 있다. (팔루아의 『프루스트 이전의 프루스트』 중 한 부분은 바로 이 문제를 다룬

7* 1894년 소르본대학에 다니던 프루스트는 화가 마들렌 르메르의 살롱에서 파리 콩세르바투아르에 다니던 스무 살의 레날도 안을 만나 연인이 되었고, 두 청년은 레베용성에서 그해 여름을 함께 보냈다.

다.) 2018년 가을에 장클로드 카사노바[8*]가 바로 그 부분을 『논평 _Commentaire_』 163호에 「비밀과 고백」이라는 제목으로 실었다. 그렇게 가장 중요한 매듭이 제시되었다. 정확히 어떤 매듭인가?

—

『쾌락과 나날』을 준비하는 동안 프루스트가 주변에 남겨두거나 밀쳐낸 글들을 보면, 책이 훨씬 두꺼워질 수 있었음을 알게 된다. 그러나 만일 지금 우리가 처음 소개하는, 완성되었지만 세상에 나오지 않았던 글들이 포함되었더라면, 『쾌락과 나날』의 중심 주제는 동성애가 되었을 것이다. 프루스트는 그것을 원하지 않았다. 자신의 숨겨진 면(하지만 우리가 이미 다 알고 있는 사실)이 드러날 수 있다는 두려움 때문이었을 수도 있고, 그중 일부는 다른 사람들을 위해 출간하려는 목적이 아니라 자기 자신만을 위해 쓴 글이었을 수도 있다. 혹은 『쾌락과 나날』이라는 한 권의 책으로 묶인 글들이 다양성을 지니게 하려는 의도였을 수도 있고, 또 어쩌면 최종적으로 제외한 글들의 문학적 수준과 완성도가 미흡하다고 생각했을 수도 있다.

청년 작가 프루스트가 동성애를 고통과 저주의 시각으로 바

8* 정치학자이자 정치가로, 1978년 레몽 아롱과 함께 계간지 『크리티크』를 창간했다.

라보고 있었음은 분명하다. 그것을 온전히 프루스트가 살았던 시대 탓으로 돌리기는 어렵다. 실제로 프루스트와 동시대를 살았던 앙드레 지드는 정반대의 입장이었다. 쾌락주의자이자 자기중심자이던 지드는 동성애의 고백을 프루스트적인 비극성으로 꾸미기보다는 오히려 생기론生氣論적인 행복에 결부시켰다. 두 작가 사이의 이러한 차이에서 또다른 차이가 나온다. 비밀과 고백사이에서 다양한 변조 체계를 세우려 애쓴 프루스트와 달리, 지드는 나je라고 말하기를 원했다. 1921년 프루스트를 만나고 온 지드의 『일기』에는 이렇게 적혀 있다. "내가 내 회고록9*에 대해 몇 마디 이야기하자 그가 큰 소리로 말했다. '뭐든 다 얘기해도 됩니다. 절대 '나'라고 말하지 않는 조건에서죠.' 하지만 나는 그러고 싶지 않다."10

실제로 프루스트는 그런 맥락에서 절대 나라고 말하지 않았다. 그 점에서 일인칭으로 주어진 대위의 이야기(「어느 대위의 추억」)는 직접적이고 사적인 발화행위에 가장 가까이 놓인다. 그리고 『쾌락과 나날』에 실리지 못한 이 단편소설들에서 대리인이 대신 말해주기를 비롯한 일련의 투사 장치를 볼 수 있다. 동성애

9* 지드는 소설 『배덕자』(1902)에서 동성애를 허구적으로 그려낸 뒤 『코리동』(1924) 에서 본격적으로 다루었고, 이후 회고록 『한 알의 밀알이 죽지 않으면』(1926)의 원고를 1920~1921년에 준비했다.

10 André Gide, *Journal*, Paris: Gallimard, Pléiade, t. I(1887~1925), 1996, p. 1124.

라는 드라마가 두 여자 사이에서 펼쳐지기도 하고(「알 수 없는 발신자」에서 서술은 '결백한 여자'의 편에서 이어지지만, '죄 있는' 여자 또한 정말로 죄가 있는지 확실하지 않다), 청춘의 치명적인 드라마가 때 이른 삶의 종말(그리스어 동사 'apocaluptein'에 포함된 대로 종말의 계시와 폭로 행위라는 두 가지 뜻에서 묵시록apocalypse이다)로 변조되기도 한다. 또한 사랑하는 사람에게서 사랑받지 못할 운명이라는 고통은 음악의 세계(「베토벤 8번 교향곡 이후」)로, 혹은 병에 걸린 것을 알면서도 임종의 순간까지 걱정 없이 살기로 마음먹은 주인공의 상황(「폴린 드 S.」)으로 변조되거나, 「요정들의 선물」에서는 체념했지만 이제는 고통스러워하는 주인이 집에 있을 때든 사교계에 출입할 때든 아무도 모르게 따라다니는 청설모로 구현되기도 한다(「그녀를 사랑한다는 자각」)……

하지만 그토록 무거운 개인적이고 정서적인 짐을 변조하기란 쉬운 일이 아니다. 「알 수 없는 발신자」에서 이야기를 이끌어가던 화자는 곧 길을 잃는다. 수고본 원고를 보면 프랑수아즈와 크리스티안의 역할이 계속 섞이고 뒤바뀌는 것을 알 수 있다. 또한 수많은 재능을 얻는 대신 고통을 감내하면서 요정의 선물을 받아들이는 상태는 확신이라기보다는 체념이다(「요정들의 선물」). 비밀스러운 동물이, 그것을 받아들이면 영영 사랑받지 못한다는 사실을 아는 남자에게 주는 위로가 사랑의 실패를 지워주지는 못한다(「그녀를 사랑한다는 자각」). 모순은 해결되지 않는다.

이러한 질문들은 기독교, 특히 가톨릭적인 윤리에 짓눌려 있다. 이후의 프루스트의 글에서는 기독교 윤리가 이만큼 직접적으로 개입하지는 않는다. 『쾌락과 나날』에 실린 글들에서 종교적인 근심은 퇴폐적이고 세기말적인 멜랑콜리의 후광에 감싸인 신비주의라는 피상적인 느낌으로 축소된다. 그런데 그 책에서 제외된 이 작품들의 경우에는 보다 집요하다. 크리스티안은 프랑수아즈를 향한 사랑을 아무에게도 말하지 못한 채 불사르느라 진이 빠져서 죽음을 기다린다. 프랑수아즈는 크리스티안의 욕망의 정체를 알아낸다면 그녀를 살릴 수 있을지 알고 싶지만, 고해신부는 그것이 순수라는 이상에 응답하기 위해 평생을 바친 뒤 죽어가는 여인(프랑수아즈가 신부에게는 남자인 것처럼 말한 죽어가는 사람)의 희생을 물거품으로 만드는 일이라고 답한다. 두 입장은 철저히 대립한다. 절대적 가치라는 측면에서 보면 양쪽 모두 유효하다.

젊을 때 이 단편들을 쓴 프루스트는 진짜 소설가가 되고 난 뒤에는 메멘토 모리(죽음을 기억하라)라는 고전적인 설교를 전만큼 강조하지 않게 된다. 이미지를 통해 예술적 창조를 정의할 때를 제외하면 더이상 창조주 신에 맞서서 왜라고 묻지 않는다. 그런데 여기서는 다르다. 사랑의 세계에서 밀려나 고통받는 인물은 "내 나라는 이 세상에 속한 것이 아니다"라는 말을 자신의 말로 삼고, "땅에서는 선의를 지닌 인간들에게 평화가 주어진다"라는 약속이 자기에게는 어디서 이루어질지 궁금해한다.[11]*「지하 세계에서」[12]*에 주어진 죽은 자들의 대화는 가까이서 번뇌를 안기는 모든 물음을 멀리 떼어놓지만, 아무리 고대의 색조로 채색해도 기독교적인 지옥과 영벌永罰의 관점을 지우지는 못했다. 등장인물 중 한 명은 지옥과 영벌에 반박하기 위해 오히려 원죄에 적용되던 '펠릭스 쿨파'[13] 개념으로 시와 시인들을 설명한다.

그리고 의사들이 등장한다. 프루스트의 아버지 아드리앵 프루스트와 훗날 『잃어버린 시간을 찾아서』의 허구적 인물인 의사 불봉 사이에 놓이는 이 단편들 속 의사는 프루스트 사후에 베르그송이 "도덕과 종교의 두 원천"이라 부르게 될 것을 향한 길을 연다. 크리스티안의 의사는 환자가 신체 문제와는 아무런 관련이 없는 이유로 쇠약해져 죽어가고 있다고 강조한다. 살페트리에르[14]에서 샤르코의 치료법을 배운 뒤 『히스테리 연구』를 준비하던 프로이트에 간발의 차이로 앞선 진단이었다. 「어느 대위의 추억」은 동성애에 대해 이야기하면서도(물론 단 한 번도 동성애를

11[*] "내 나라는 이 세상에 속한 것이 아니다"는 「요한의 복음서」 18장 36절에서 "네 나라 사람과 대제사장들이 너를 내게 넘겼다"라고 말하는 빌라도에게 예수가 대답한 말이다. 한편 「루가의 복음서」 2장 14절("높은 곳에서는 하느님께 영광, 땅에서는 그분 마음에 드는 사람들에게 평화") 중 "하느님의 마음에 드는 인간들"로 주로 번역되는 뒷부분은 "선의를 지닌 인간들"로 번역되기도 했다. 이 책의 115~116쪽 「베토벤 8번 교향곡 이후」 앞에 붙은 프레스의 해설을 참조할 것.

12[*] 원제는 'Aux Enfers'다. 단수 'Enfer'가 기독교의 지옥을 뜻한다면, 복수로 쓰인 'Enfers'는 그리스신화에서 죽은 이들이 가는 지하 세계를 뜻한다.

13[*] 'felix culpa'는 '복된 죄'를 뜻하는 라틴어. 토마스 아퀴나스는 죄가 있는 이들이 그 죄를 자각하고 인정할 때 구원에 이를 수 있다는 뜻에서 '복된 죄'라는 말을 사용했다.

14[*] 파리의 종합병원으로, 샤르코가 당시 유럽에서 가장 큰 신경과를 이끌고 있었다.

직접적으로 지칭하지는 않는다) 정작 자신의 동성애를 깨닫지 못하는 인물의 증례를 보여준다. 「베토벤 8번 교향곡 이후」는 천식 환자의 호흡과 공간을 채우는 공기의 관계에 관해 생각하게 한다.[15*] 결론적으로, 우리가 이 책에서 소개하는 단편들 속에는 상징적인 대상들과 이미지들이 많이 주어져 있다.

———

동성애 심리, 혹은 직접적이든 변조된 형태든 내면에서 파악된 동성애는 우리가 이 단편소설들과 관련하여 다루는 유일한 주제, 유일한 쟁점이 아니다. 이 글들은 또한 이후 『잃어버린 시간을 찾아서』에 이르기까지 지속적으로 형체를 갖추어나가게 될 문학적 기획을 보여준다.

이 책에 소개되는 단편소설들은 철학을 배우던 프루스트의 학생 시절과 그리 멀지 않은, 거의 비슷한 시기에 쓰였다. 사랑받지 못하는 위안이 음악 세계에 투사된 것(「베토벤 8번 교향곡 이후」)은 이미 쇼펜하우어의 음악 철학에서 영감을 얻은 듯하다. 추억을 열심히 더듬어가는 대위(「어느 대위의 추억」)는 자아와 비非자

[15*] 인간의 정신을 "좀더 넓은 영역이 열리기만 하면 곧바로 달려들었다가 다시 압축되는" 공기에 비유한 구절을 천식 환자였던 프루스트의 상황과 연결시킨 말이다. 이 책의 115~116쪽 「베토벤 8번 교향곡 이후」에 붙은 해설을 참조할 것.

아라는 피히테식 구분을 되풀이하고, 사유 속에서 재창조되는 과거에 관한 물음이나 본질을 정의하기 위한 탐색은 아직 서툴기는 하지만 훌륭한 미래를 예고한다. 그런데 그러한 해박한 철학적 지식은 아주 조심스럽게 드러난다. 더 나아가 훗날 『잃어버린 시간을 찾아서』의 화자는 이러한 철학적 지식을 누리면서도 글 속에 드러내지는 않게 된다.

따라서 이 글들에 흐리게나마 주어진 철학적 주석들은 훗날 『잃어버린 시간을 찾아서』에 등장할 중요 일화들의 출생증명서인 셈이다. 죽어가는 인물을 되살릴 수 있는 편지, 사랑하는 사람에게 다가가는 매개가 되는 보티첼리의 그림,[16*] 『소돔과 고모라』의 제사로 쓰일 비니의 시 두 행[17*](「지하 세계에서」)이 모두 이 글들에 들어 있다. 『게르망트 쪽』의 동시에르 병영 일화 말미에 언급되는 생루의 차가운 인사에 대한 설명 역시 예고되었고, 『갇힌 여인』에서 샤를뤼스와 브리쇼가 동성애를 두고 벌이는 격렬한 토론의 초안도 주어져 있다(「지하 세계에서」에 나오는 켈뤼스와 르낭의 대화). 그 외에, 훗날 『게르망트 쪽』에서 의사 불봉이 창조적 재능을 지닌 천재들에 관해 늘어놓는 장광설이 될 것도 있

16* 「스완의 사랑」에서 스완은 오데트의 집에 찾아간 날 그녀가 보티첼리의 그림 〈모세의 제판〉에 그려진 한 여인을 닮았다는 사실에 놀라면서 마음을 빼앗긴다.

17* 알프레드 드 비니의 시집 『운명 Les Destinées』에 수록된 「삼손의 분노」 중 "곧 추악한 왕국으로 물러가면서 / 여인은 고모라를 가지고 남자는 소돔을 가지리니"를 말한다. 이중 두번째 행이 『소돔과 고모라』의 제사로 쓰였다.

고, 『스완네 집 쪽으로』의 마지막에 놓일 불로뉴숲에서의 고독한 산책의 초벌 그림도 있으며(「자크 르펠드」), 『게르망트 쪽』의 '신인 작가'에 대한 일화, 그리고 『되찾은 시간』 중간에 등장하는 돈호법 "나무여, 그대들은 나에게 더 할말이 없구나"의 기원도 있다.

또한 젊은 작가 프루스트가 즐겨 읽던 의미 있는 작품들도 등장한다. 라신의 『페드르』와 빅토르 위고의 「올랭피오의 슬픔」이 있고, 「자크 르펠드」에서는 아마도 스탕달이, 「지하 세계에서」에는 알렉상드르 뒤마(아버지)가 보인다. 에드거 앨런 포의 세계도 암암리에 스며들어 있다. 같은 맥락에서 제라르 드 네르발 특유의 무의식적 추억도 드러난다. 톨스토이의 영향도 보이지만, 이는 『장 상퇴유』 이후 사라진다.

이 글들에는 우리가 장기적인 안목으로 지켜보아야 하는 흥미로운 것들도 있다. 훗날 원숙한 경지에 이른 작가 프루스트와 달리 풋풋한 신예 작가 프루스트가 이 글들에서 실험한(미완성 상태임을 기억하자) 문학적 형태들, 즉 서스펜스, 환상적 이야기, 죽은 자들의 대화 같은 것들이다. 더 정확히 말하자면, 젊은 프루스트가 비유와 교훈적 우화 혹은 동화 등의 형태를 차용해 무엇을 실험했는지, 그 형태들을 왜 다시 사용하지 않았는지, 그중 어떤 것을 계속 간직했는지 등이 흥미롭다.

특히 사교계 소설의 특성은 『잃어버린 시간을 찾아서』에도 충분히 강조되지는 않았다 해도 잠재되어 있다. 여러 단편소설에서 사교계 소설은 빠르게 축소판 사회를 이루고, 무엇보다 재력을 지니지만 장애물도 가로놓인 상류사회에서의 연인들의 만남을 그려낸다. 압축적인 분위기의 사교계 소설은, 물론 길이가 짧은 단편들에서 더 유용하게 쓰이기는 하지만 긴 소설에서도 이야기를 만들기 위한 긴 준비 과정을 절약시켜준다. 사교 모임, 호텔 지배인들, 휴양지, 삯마차가 등장하는 그 세계는 훗날 스완의 세계가 될 것이다. 프루스트의 친구 조르주 드 로리스[18*]의 소설 『지네트 샤트네*Ginette Chatenay*』에도 그러한 세계가 등장하는데(책은 1910년에 출간되었지만, 프루스트는 1908년과 1909년 사이에 수고본 원고로 읽었다), 그 책에는 여주인공이 『쾌락과 나날』을 읽는 장면까지 나온다. 출발점으로 돌아간 것이다.

　단편소설들을 쓰던 젊은 프루스트와 『잃어버린 시간을 찾아서』의 프루스트 사이에는 수많은 단계의 배움과 실험이 놓여 있기에, 신예 작가 프루스트에게서 훗날의 위대한 소설가 프루스트를 발견하리라는 기대를 하지 못할 수도 있다. 그렇기에 젊은 프루스트가 쓴 단편소설들에서 어떤 것이 이미 나타나 있는지 구체적으로 가려내보는 일은 흥미롭다. 예를 들어 훗날 잃어버린 시간과 되찾은 시간 사이의 간극으로 주어질 것이 이 단편들에서는 경박함과 깊이, 분산과 내면, 겉모습과 현실의 간극으로

18*　Georges de Lauris(1876~1963). 작가, 기자, 문학비평가.

나타난다. 단편들에 뒤이어 쓰인 『장 상퇴유』도 이 간극의 문제를 좀더 깊이 다루기는 하지만, 여전히 구조화하는 간극으로 여겨지지는 않는다. 『장 상퇴유』는 생각을 작품 속에서 구현하진 못하고 표명하기만 하면서 좌초하고 말았다.

또한 이 단편소설들에서 우리는 『잃어버린 시간을 찾아서』의 화자가 지닌 외관 너머를 볼 수 있는 능력의 탄생을 본다. 『쾌락과 나날』에서 존재감이 뚜렷했던 라브뤼예르[19*]라면, 눈에 보이는 사람 너머 보이지 않는 사람을 알아차리는 능력이라고 말했을 것이다(한 여자는 죽어가면서도 명랑하고, 또 한 여자는 신체적인 원인 없이 쇠약해져 죽어간다. 대위는 슬프고 고통스러운 추억에 젖고, 한 작가는 매일 똑같은 시간에 혼자 불로뉴숲으로 향한다. 이들의 상태는 무엇에서 비롯되었을까?).

표현 문구 역시, 한 작가가 끊임없이 세워나가는 세계 안에서 그 나름의 역사를, 다시 말해서 출생증명서와 성장 과정을 갖는다. 진짜라는 확인 인장griffe d'authenticité은 훗날 『되찾은 시간』의 유명한 한 대목을 압축하게 될 표현이다.[20*] 그 표현은 프루스트가 젊을 때 쓴 미출간 단편에서 처음 사용한 것이다.

[19*] 17세기 프랑스의 모럴리스트. 사회풍속과 사람들의 성격을 관찰하고 풍자적으로 묘사한 『성격론』을 썼다.

[20*] 「알 수 없는 발신자」에 사용된 이 표현은 『되찾은 시간』 끝부분, 게르망트 대공 저택의 안마당 포석에 발이 걸려 넘어질 뻔하는 대목 중 비의지적 기억에 관한 이야기에 등장한다.

마지막으로, 단편들 중 일부는 저자가 여러 가능성 사이에서 한 가지를 정하지 못한 채로 망설이느라 제대로 완성하지 못한 것 같다. 과거를 완벽하게 기억하던 대위가 바로 뒤에서는 오래전에 큰 감동을 안겼던 하사를 기억하지 못한다. 같은 내용을 두고 직접적인 대화와 이차적인 분석이 어떤 하나가 다른 하나를 이기지 못하는 채로 충돌하기도 한다.

하지만 망설임들로부터 맺어진 결실도 많다. 무엇보다 이 모순이 잠정적이기 때문이다. 오늘날 우리는 『잃어버린 시간을 찾아서』뿐 아니라 그 대작의 준비 과정이 기록된 작가 수첩도 읽을 수 있고, 따라서 프루스트가 같은 페이지에 하나의 상황과 그 반대 상황을 나란히 놓고 작업했음을 알고 있다. 프루스트는 각 상황이 어떤 효과를 갖고 어떤 영향을 낳는지, 어떤 분석을 끌어들일 수 있는지 실험하고 싶었던 것이다. 『사라진 여인』[21*]의 작가 수첩은 이와 관련하여 시사하는 바가 많다. 그에 따르면, 알베르틴은 뱅퇴유 양과 그 친구를 알았고 또 어쩌면 몰랐고, 앙드레와 교분이 있었고 또 어쩌면 없었다. 주인공은 질베르트가 누구와 함께 샹젤리제 거리를 걸어갔는지 알고 싶어하지 않지만 물어본다. 시나리오작가처럼 자기 이야기의 잠재성을 면밀하게

21* 『잃어버린 시간을 찾아서』6권 『사라진 알베르틴』은 프루스트 사후 처음 출간되던 1925년에는 제목이 『사라진 여인』이었고, 이후에도 몇 차례 같은 제목으로 출간되었다.

검토하게 될 프루스트가 미출간 단편들에 담긴 모순들 속에 이미 숨어 있다.

—

이 글들에는 한 가지 도덕적인 문제가 어두운 분위기로 제시된다. 그러나 그게 전부는 아니다. 이 글들은 또한 아름다움 앞에서의 경탄, 알 수 없는 일에 담긴 삶의 두께, 풀어야 할 수수께끼, 그리고 각자가 지니고 있는, 결코 빼앗을 수 없는 자산인 내면세계의 탐색에 대해 말한다. 예술은 바로 이러한 기획을 준비하고, 함께하고, 완수한다. 프루스트는 나중에 알베르 카뮈(『반항적 인간』의 카뮈)가 『잃어버린 시간을 찾아서』에서 절망의 대안으로 읽어낼 전복을 이미 초기작에서 제시한 셈이다.

결국 저주와 고통 또한 창조적이다. 저주와 고통을 통해 상황과 인물이 배치되고 물음들이 심화된다. 또한 저주와 고통은 이후에 끊임없이 쇄신되고 조정될 첫 변조를 필요로 한다. 초기 단편들에서 자신의 비밀을 억누르면서 말하고 있는 젊은 작가 프루스트는 이미 미래의 작품에 등장할 질베르트나 알베르틴과 관련해, 만일 그들이 자신들이 받은 사랑을 백배로 보답하고 그 어떤 것도 숨김없이 다 말해버리는 투명한 인물이 된다면 『잃어버린 시간을 찾아서』의 화자가 지닌 분석의 힘, 화자가 존재감을 발휘하며 승승장구하게 해줄 그 힘이 무력화될 것임을 예견한 것 같다. 『잃어버린 시간을 찾아서』의 화자가 말했듯 "관념은 고통의 대용품"22*이다.

22* 『되찾은 시간』에 나오는 구절. "관념은 고통의 대용품이다. 고통이 관념으로 바뀌는 순간, 고통이 우리 마음에 행하는 유해한 작용이 일부 사라진다. 심지어 그러한 변모가 일어나는 순간 처음에는 고통에서 갑자기 기쁨이 나오기도 한다."

수록된 글들에 관하여

이 책에 소개된 수고본 원고들은 한 편을 제외하면 아직 한 번도 출간된 적 없는 글들이다. 베르나르 드 팔루아가 분류한 자료(분류 번호 1. 1과 5. 1)에 속한 이 글들은 그가 『쾌락과 나날』을 연구하면서 같은 시기에 쓰인 글들로 다룬 것들이다(일부는 『쾌락과 나날』에 수록될 예정이었다). 우리는 각 작품 앞에 해설을 붙여 해당 글이 어떤 맥락에서 쓰였는지, 어떤 새로운 것을 보여주는지, 이후의 프루스트의 작품과 관련하여 어떤 장기적 중요성을 갖는지 알아볼 것이다. 또한 한 가지 판본을 선택하여 소개하고, 이본異本들은 각주에 밝힐 것이다. 해설에서 우리가 참조하는 프루스트의 책들은 다음과 같다.

—『잃어버린 시간을 찾아서*À la recherche du temps perdu*』
장이브 타디에Jean-Yves Tadié 감수, Paris: Gallimard, 《Bibliothèque de la Pléiade》, 4 vol., 1987~1989.

—『마르셀 프루스트 서간집*Correspondance de Marcel Proust*』
필립 콜브Philip Kolb의 필사본 정리, 주석, 소개, Paris: Plon, 21 vol., 1970~1993.

—『쾌락과 나날·장 상퇴유*Les Plaisirs et les Jours, Jean Santeuil*』
피에르 클라라크Pierre Clarac와 이브 상드르Yves Sandre 편집, Paris: Gallimard, 《Bibliothèque de la Pléiade》, 1971.
[앙드레 모루아의 서문과 함께 베르나르 드 팔루아가 처음 출간한 판본: 『장 상퇴유*Jean Santeuil*』, Paris: Gallimard, 3 vol., 1952.]

—『생트뵈브 반박·모작과 잡록·시론과 논설*Contre Sainte-Beuve, Pastiches et Mélanges, Essais et articles*』
피에르 클라라크와 이브 상드르 편집, Paris: Gallimard, 《Bibliothèque de la Pléiade》, 1971.
[베르나르 드 팔루아의 서문과 함께 처음 출간된 『생트뵈브 반박』 판본은 이 책과 배열이 다르다. 『생트뵈브 반박·새로운 잡록*Contre Sainte-Beuve, Nouveaux Mélanges*』, Paris: Gallimard, 1954.]

—『수첩*Carnets*』
플로랑스 칼뤼Florence Callu와 앙투안 콩파뇽Antoine Compagnon 편집, Paris: Gallimard, 2002.

L. F.

폴린 드 S.

Pauline de S.

이 짧은 교훈적 우화는 『쾌락과 나날』에, 그리고 그 책에 포함되지 못하고 방치되다가 여기 소개된 글들에, 꾸준히 등장하는 '삶의 종말' 이야기에 속한다. 이 글은 메멘토 모리라는 고전적인 메시지를 다른 글들보다 가볍게 다룬다. 또한 뒤이어 나오는 두 글에서와 마찬가지로 종교적 질문에 의사가 끼어든다. 이야기의 시작 부분에서 잃어버린 시간과 되찾은 시간의 간극이 아직 멀기는 하지만 확고하게 그려진다. 위락과 진지함, 정신적 분산과 집중 사이의 고전적 대립에서 출발한 간극은 한순간 "우리가 우리 존재의 심장부로 내려가는 느낌을 주는 예술적 감동의 깊이"로 향하면서, 『잃어버린 시간을 찾아서』에 나타나는 프루스트의 미학적 윤리를 예고한다. 『갇힌 여인』에서 뱅퇴유의 유작인 칠중주를 통해 주인공에게 신비스럽게 전달될 바로 그 미학적 윤리다 [『잃어버린 시간을 찾아서』, 3권, p. 753 이하]. 이 글에서 폴린은 진지한 책들을(특히 『그리스도를 본받아』[1*]를) 읽지 않으려 하지만, 『쾌락과 나날』에서 프루스트는 그 책의 구절들을 제사題詞로 썼고,[2*] 폴린이 선택한 외젠 라비슈[3*]의 문장 대신 '이탈리아 희극의 단장斷章들'에 대해서도 썼다. 그렇다면, 『쾌락과 나날』의 젊은 프루스

1* *De Imitatione Christi.* 15세기에 익명으로 출간된 로마가톨릭교회의 대표적인 신앙 서적. 독일의 신비사상가 토마스 아 켐피스가 쓴 것으로 여겨진다.

2* 『쾌락과 나날』에 수록된 단편소설 「비올랑트 혹은 사교계의 삶」과 「어느 아가씨의 고백」에 붙인 제사들을 말한다.

3* 우화적인 근대 희극과 대중적인 보드빌로 19세기 프랑스 사회를 사실적으로 담아낸 극작가.

트는 죽음을 가까이서 목격하고도 **세기말**의 외관 아래 경박한 활동과 생각으로 돌아가버리는 그런 부류의 인간이었을까? 일견 **쉬워** 보이지만 한눈에 완전하게 파악하기는 힘든 글이다.

어느 날 나는 오래전에 암에 걸린[1] 옛 친구 폴린 드 S.가 올해를 넘기지 못하리라는 소식을 들었다. 폴린 자신이 그 사실을 너무나 분명하게 깨닫고 있었기 때문에 그녀의 총기를 이기지[2] 못한 의사가 사실대로 다 말해주었다[3]는 얘기도 들었다. 하지만 폴린은 언제든 일어날 수 있는 사건이 불시에 닥치지만 않는다면 마지막 달까지[4] 정신이 온전할 수 있고 신체활동까지도 어느 정도 가능할 것임을 알고 있었다. 그런데 폴린이 마지막으로 품은

---

1   [Éb.] "오래전에 암에 걸린": ⟨암으로 서서히 죽어가던⟩
2   [Éb.] "이기지": ⟨속이지⟩
3   [Var.] "사실대로 다 말해주었다": ⟨더는 속이지 않았다⟩
4   [Var.] "달까지": ⟨날까지⟩

헛된 기대가 무너진 지금, 나는 그녀를 보러 가기가 무척 괴로웠다.[5] 결국 어느 저녁에 이튿날 폴린을 찾아가기로 결심했다.[6] 그날 밤엔[7] 잠이 오지 않았다. 아마도 폴린이 빠져 있을 상태와 똑같은 상태가 된 나에게도 사물들이 평소와 반대로 죽음에 바짝 다가가 있었다. 쾌락, 여흥, 생활[8]뿐 아니라 개인적인 과업까지도 무의미하고, 무미건조하고, 하찮고, 우스꽝스러우리만큼 그리고 끔찍하리만큼 사소하고 비현실적으로 보였다. 삶과 영혼에 관한 명상, 우리가 우리 존재의 심장부로 내려가는 느낌을 주는 예술적 감동의 깊이, 선함과 용서와 연민과 애덕과 후회만이 중요했고, 오직 그것들만이 실재했다. 나는 넉넉해져서,[9] 사람들이 마음속에 오로지 영혼만을 느낄 때의 상태로,[10] 영혼이 넘쳐흐르는, 나머지는 아무런 상관이 없는, 당장이라도 눈물을 터뜨릴 준비가 된 상태로 폴린의 집까지 갔다. 그리고 들어갔다. 폴린은 늘 그렇듯이 창가[11]에 놓인 안락의자에 앉아 있었는데, 며칠 전부터 내가 상상해오던 것과 달리 슬픔에 젖은 얼굴이 아니었다.[12] 전보다 수척하고 창백하며 병색이 짙었지만, 육체적 상태

---

5   [Éb.] "그녀를 보러 가기가 무척 괴로웠다.": 〈그녀를 찾아가기로 결심하기까지 오래 걸렸다.〉
6   [Éb.] 뒤에 〈그날 이후 주변의 일들이…… 보였다〉라고 적혀 있다.
7   "그날 밤엔": 행간에 적혀 있다.
8   "생활": 행간에 적혀 있다.
9   [Var.] "넉넉해져서": 〈넉넉해진 영혼으로〉
10 [Var.] "사람들이…… 상태로": 〈내 안에서 오로지 영혼만을 느끼는 상태로〉
11 [Var.] "창가": 〈불가〉

가 그랬을 뿐이다. 놀리는 듯한 표정은 그대로였다.[13] 그녀는 손에[14] 든[15] 정치 관련 소책자를[16] 내가 들어오는 것을 보고는 내려놓았다. 우리는 한 시간 동안 이야기를 나누었다. 전과 다름없이 그녀가 아는 여러 사람을 제물로 삼은 재치 넘치는 이야기가 이어졌다. 그러다가[17] 폴린이 기침을 하고 피를 조금 뱉어내느라 대화가 끊겼다. 진정되고 난 뒤 그녀가 말했다. "이제 그만 돌아가요.[18] 오늘 저녁엔 같이 식사할 사람들이 있어서 피곤해지면 안 된답니다. 조만간 또 보도록 해요. 낮 공연으로 관람칸 하나 예약해서 연극을 보죠. 저녁 공연은 나한테 너무 피곤하니까." —"어떤 연극으로 할까요?" 내가 물었다.—"당신 좋은 걸로 해요. 지겨운 「햄릿」이나 「안티고네」만 아니면 괜찮아요.[19] 내 취향 알잖아요. 즐거운 걸로. 혹시 라비슈가 공연중이면 그게 좋고, 아니면 오페레타가 좋겠네요." 나는 어리둥절한 상태로 그 집을 나섰다. 이후에 몇 차례 더 폴린의 집을 찾아가면서 나는 그녀가 삶의 마지막을 보내고 있는 집안에는 성서와 『그리스도를 본받아』 독

---

12 [Var.] "내가 상상해오던…… 얼굴이 아니었다.": 〈내 상상 속에 있던 엄숙한 얼굴이 아니었다.〉

13 [Éb.] 뒤이어 〈첫 놀라움이 가시자 곧 모든 것이 설명되었다〉가 추가되어 있다.

14 [Var.] "손에": 〈손으로〉

15 [Éb.] "든": 〈들고 있던〉

16 [Var.] "정치 관련 소책자를": 〈라비슈의 책을〉 [Éb.] 〈언젠가 그녀 곁에 여전히 펼쳐진 채 있던 정치 관련 소책자를〉

17 [Éb.] "그러다가": 〈그러다가 멈췄다.〉

18 [Éb.] "이제 그만 돌아가요": 〈이제 그만 돌아가.〉

19 "지겨운 「햄릿」이나 「안티고네」만 아니면 괜찮아요.": 행간에 첨가되어 있다.

회[20]도, 음악과 시와 명상도, 남을 욕한 것에 대한 후회[21] 혹은[22] 자기를 욕한 사람에 대한 용서도, 사상가나 사제들이나 소중한 사람들 혹은 이전에 사이가 나빴던 사람들과의 대화도, 심지어 자기 자신과의 대화도 없음을 알게 되었다. 폴린이 무뎌서 혹은 너무 강인해서 제 몸에 대한 연민을 느끼지 못했다고 말하려는 건 아니다.[23] 나는 폴린이 일부러 그런 척하거나[24] 가면을 쓰고 있는 게 아닐까, 그녀가 나에게[25] 감추고 있는 삶의 한 부분[26]이 오히려 진짜 모습이 아닐까 생각했다. 하지만 그렇지 않다는 것을, 폴린은 다른 사람들과 함께 있든 혼자[27] 있든 나와 있을 때와 마찬가지로 이전과 다름없다는 것을 알게 되었다. 내가 보기엔, 무정해졌고 뭔가 제정신이 아닌 것 같았다. 오, 나 역시 제정신이 아니었으니, 죽음을 그렇게 가까이서 봐놓고도 다시 경박한 삶을 살지 않았는가. 늘 눈앞에서 보면서[28] 놀랄 게 뭐가 있단 말인가! 있는 그대로의 우리 상태로는,[29] 그러니까 의사의 선고를 받지 않았고[30] 우리가 알지 못하더라도, 우리는 분명 죽는

---

20 "독회": 행간에 첨가되어 있다.

21 [Var.] "후회": 〈용서〉

22 [Éb.] "혹은": 〈혹은 회한들〉

23 [Éb.] 뒤이어 〈나는 이해할 수 없었다. 그리고〉가 첨가되어 있다.

24 [Var.] "그런 척하거나": 〈희극을 연기하고 있거나〉

25 [Var.] "나에게": 〈우리에게〉

26 [Var.] "삶의 한 부분": 〈알 수 없는 삶의 한 부분〉

27 [Var.] "혼자": 〈오로지 홀로〉

28 [Var.] "늘 눈앞에서 보면서": 〈늘 보고 있으면서〉

29 [Éb.] 뒤에 〈의사가 아니면 우리는〉이라고 적혀 있다.

다.[31] 하지만 품위 있게 삶을 떠나기 위해서 죽음에 대해 명상하는[32] 사람들도 많다.

---

30 [Éb.] 뒤에 〈선고받고 우리가 할 수 있는 것이라고는〉이라고 적혀 있다.
31 [Éb.] "우리는 분명 죽는다.": 〈우리는 죽을 것이다.〉
32 [Éb.] "죽음에 대해 명상하는": 〈죽음에 대해 명상하고 죽음을 준비하는〉

알 수 없는
발신자

Le mystérieux
correspondant

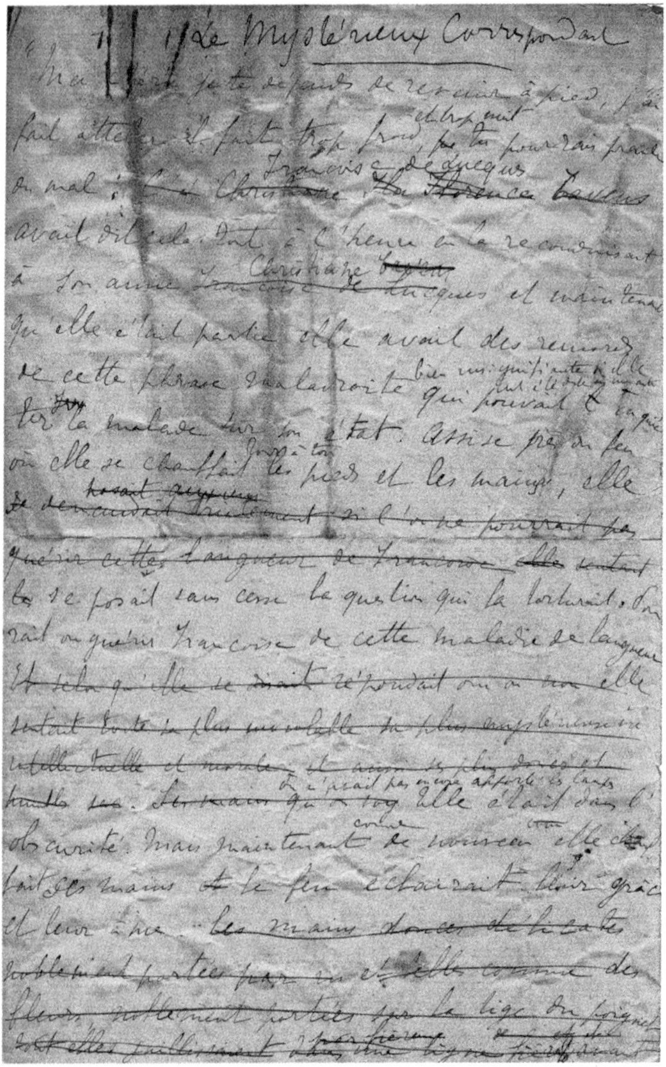

〈그림 1〉「알 수 없는 발신자」, 수고본 원고, 첫 부분.

피아니스트 레옹 들라포스[1]*에게 헌정되어 한때『쾌락과 나날』에 포함되기도 했던 이 단편소설은 세부적으로 미완성 상태의 요소들이 있기는 하지만 완결된 이야기이며(《그림 1》참조), 최종적으로 선택되어 수록된 다른 작품들과 공통점이 있다. 즉 모든 쟁점을 바꾸어놓는 죽음 앞에서, 비밀이 갖는 도덕적 무게를 덜어내는 임종 앞에서, 그동안 말할 수 없던 것을 털어놓는 고백의 순간이 있다.

이야기 중에 한 차례 등장하는 제목이 말해주듯이, 주인공 프랑수아즈의 집에 알 수 없는 누군가가 편지를 놓고 가고, 프랑수아즈는 그 편지를 어느 군인이 썼다고 짐작한다. 같은 시기, 그러니까 1893년 여름에 프루스트는 친구들과 함께 서간 소설을 시도했는데, 거기서 그는 어느 하사관을 사랑하는 사교계 여인이 고해신부에게 마음을 털어놓는 편지를 맡았다(신부의 편지는 다니엘 알레비가, 장교의 편지는 루이 드 라살이 맡았다[2]*)[『서간집』, 4권, pp. 413~421]. 그렇게 여러 명이 공동으로 쓴 소설은 완성되지 못했다. 그런데 프루스트가 아마도 친구들에게 말하지 않고 같은 이야기로 단편소설을 쓴 것 같다. 이 글에서는 프랑수아즈의

1* Léon Delafosse(1874~1951). 작곡가이자 피아니스트로, 파리 사교계 인사 몽테스키우가 연 음악 연회들에 작곡가 가브리엘 포레 등과 함께 참여했고, 프루스트와도 교류했다.
2* 다니엘 알레비(Daniel Halévy, 1872~1962)는 역사가이자 작가, 루이 드 라살(Louis de La Salle, 1872~1915)은 시인이다.

고해신부인 트레스브의 신부가 제일 끝에서야 등장한다. 또한 서간체 형식도 아니다.

누가 보냈는지 알 수 없는 편지들은 프루스트가 좋아하던 에드거 앨런 포의 「도둑맞은 편지」[『서간집』, 10권, p. 292 참조]를 간접적으로 환기시키고, 자신이 죽어가고 있음을 친구 프랑수아즈에게 알리는 여인(크리스티안)의 모습에서는 『기이한 이야기들』[3]의 분위기도 느껴진다. 또한 네르발적인 현실과 꿈의 대립이 이 글의 중심에서 미광微光을 발한다(실제로 「알 수 없는 발신자」의 다른 이본에는 **제2의 삶**[4]이 언급되어 있다).

이 단편에서 우리는 막 소설을 쓰기 시작한 젊은 프루스트가 시도한, 이후에는 버리게 될 이야기 방식들을 볼 수 있다. 우선 시작 부분에서 프루스트는 인물의 손을 공들여 묘사함으로써(유명한 샤를 보바리의 모자를 연상시킨다[5]) 그 심리를 드러내려 한다. 이어 프랑수아즈의 집에서 발견된 편지들을 둘러싸고 서스펜스 소설을 (서툴게) 시도한다. 원고에 줄을 그어놓은 문장들이나 행간에 덧붙여놓은 것들을 보면, 프루스트가 이야기를 이끌어가는

---

[3] 시인 샤를 보들레르가 「도둑맞은 편지」 등의 단편소설들을 번역하고 묶어서 『기이한 이야기들Histoires extraordinaires』(1856), 이어 「검은 고양이」 「어셔가의 몰락」 등이 포함된 『새로운 기이한 이야기들Nouvelles histoires extraordinaires』(1857)을 출간했다.

[4] 네르발의 『오렐리아』에 "꿈은 제2의 삶이다"라는 구절이 나온다.

[5] 플로베르는 『보바리 부인』 시작 부분에서 샤를 보바리의 모자에 대해 상세하게 설명한다.

과정에서 서술적 상황을 설정하고 묘사하는 데 어려움을 겪었던 듯하다. 그러한 어려움은 『잃어버린 시간을 찾아서』에도 그대로 이어져, 화자가 구체적인 상황을 근거로 자신의 성찰을 제시하려 하지만 그 상황이 제대로 설정되지 않은 탓에 무거워진 문장들을 볼 수 있다.

누가 보냈는지 알 수 없는 편지는 『잃어버린 시간을 찾아서』에도 등장한다. 『사라진 알베르틴』에서 주인공이 베네치아로 떠나기 직전에 받은, 이미 세상을 떠난 알베르틴의 이름으로 온 전보다[『잃어버린 시간을 찾아서』 4권, pp. 220~223]. 사실은 결혼을 알리는 질베르트의 전보였는데 주인공이 이름을 혼동한 것이다. 그 한 상황 속에 「알 수 없는 발신자」의 이야기 전체가 축약된 것 같다. 『사라진 알베르틴』에는 '알 수 없는 발신자'가 한 명 더 등장한다. 주인공이 『르 피가로』에 글을 실은 뒤 받은 편지다. "나는 구피 부인의 편지 말고 다른 편지를 한 통 받았는데, 발신자 소통은 처음 보는 이름이었다. 서민적인 글이었고, 매력적인 표현들이 보였다. 누가 쓴 글인지 알 수 없어서 짜증이 났다."[같은 책, p. 170]. 알아보기 힘들게 제시되었지만 이 상황은 1907년 알프레드 아고스티넬리가 프루스트의 「자동차에서 보는 길의 인상들」[6]이 발표된 뒤 그에게 보낸 편지에서 영감을 얻은 것이다[『서간집』

---

6 『르 피가로』에 실린 「자동차에서 보는 길의 인상들」은 프루스트가 알프레드 아고스티넬리가 운전하는 차를 타고 카부르에서 캉까지 갔을 때의 이야기다.

7권, p. 315]. 그렇지만 연락해온 사람을 알지 못하는 상황이라는 이 도식은 프루스트의 소설적 상상력 속에서 훨씬 오래된 것임을 이 단편이 말해준다.

또한 한 작가의 창조적 진화 과정에는 단어들의 역사도 포함되기에, **진짜라는 확인 인장**la griffe d'authenticité이라는 표현이 이 단편에 처음 등장한 것도 중요하다. 훗날 『되찾은 시간』에서 끝무렵에 같은 표현이 다시 등장한다. 「영원한 경배」7*의 교조적인 화자가 비의지적 기억과 관련해 하는 말이다. "그런 기억들의 첫번째 특징은 내가 자유롭게 선택할 수 없고, 있는 그대로 나에게 주어졌다는 것이다. 그리고 나는 그것이야말로 진짜라는 확인 인장이라고 느꼈다"[같은 책, p. 457]. 작가가 꾸준히 다져나가게 될 개념을 확실히 설정하는 표현은 사라지지 않고 예외적으로 오래 살아남을 수 있음이 증명된다.

수수께끼, 우화 형태의 이 글은 사교계 소설의 분위기에서 동성애를 보여준다. 여기서는 고모라 이야기다.8* 그렇게 혼자 좋아하는 사랑, 죄의식이라는 무거운 감정, 비밀과 고백의 관계, 사회적 판단의 무게, 도덕과 종교(가톨릭)의 관계를 다룬다.

이 글에서 프루스트는 자신이 동성애에 대해 아는 것을 한 여

7* 가톨릭에서 성체를 현시하고 그에 대해 경배하는 것을 뜻한다. 프루스트 사후의 출간 과정에서 없어졌지만, 원래는 『되찾은 시간』의 중반부에는 '영원한 경배'라는 제목이 붙어 있었다.
8* 소돔은 남자 동성애, 고모라는 여자 동성애를 지칭한다.

인의 은밀한 비극으로 옮겨놓는데, 편지를 쓴 여자를 남자로 위장하는 과정에서 복잡한 모호성이 발생한다. 실제로 그는 두 인물의 이름을 계속 혼동한다. 프랑수아즈와 크리스티안의 이름을 수시로 바꿔 쓴 탓에 원고에 줄이 많이 그어져 있고, 아예 잊고 고치지 않은 곳도 있다. 또한 가려져 있던 발신자가 과거분사의 성性 일치9*로 인해(프루스트가 잘못 썼다) 본의 아니게 일찍 밝혀지기도 한다. 결국 비밀과 고백이 뒤집힌다. 고백할 수 없는 비밀을 쥐고 있는 여자는 편지를 통해 고백하고, 그 고백을 받는 여자, 감출 것이 없는 여자가 오히려 비밀의 제물이 되는 것이다.

가톨릭의 자비에 대해 이야기하는 대목에서는 웅변가와 설교자의 패러디를 볼 수 있다. 『위험한 관계』10*에서처럼 비극적 사건의 절정에 사제가 개입하지만, 교화 소설의 향기는 도덕적 교훈들에 대한 이중의 문제 제기 아래 증발된다. 인물들이 겪는 비극적 상황과 괴리된 상태로 이야기가 마무리되고, 숙명적인 죄의식의 무게 역시 유지된다. 결국 고해신부가 설교하고 크리스틴이 실제로 행하게 될 숭고한 희생은 그 깊이를 그대로 간직한다.

이 글에서 신의 요구와 대립하는 의사의 충고는 비밀을 강제

9* 프랑스어에서 조동사와 과거분사를 사용하여 과거시제를 만들 때, 과거분사는 동사보다 앞에 위치한 직접목적어의 성에 일치시켜야 한다. 본문 중 "그녀는 보았다(elle l'a vue)"라는 문장에서 목적어 la(그녀를)는 l'의 형태로 축약되어 그 성이 드러나지 않지만 과거분사 vu에 붙은 e로 인해 여성임이 드러난다.

10* 18세기 라클로의 소설 『위험한 관계』의 결말 부분에서 투르벨 부인은 발몽의 죽음을 전해 듣고 괴로워하다가 신부를 찾고, 신부와 이야기를 나눈 뒤 죽음을 맞는다.

로 열고 들어가기 위한 알리바이 역할을 한다. 의사는 어느 정도에 이른 고통과 그 고통의 결과는 도덕의 규칙을 넘어설 것을 요구한다고 주장한다. 육체적으로 아무 원인이 없는 크리스티안의 쇠약증을 두고 의사가 하는 말은 프로이트의 『히스테리 연구』(1895)와 묘하게 일치한다. 살페트리에르의 샤르코 곁에서 히스테리를 연구한 프로이트에 따르면(프루스트의 아버지 아드리앵 프루스트도 샤르코와 함께 연구했다), 히스테리 환자의 긴장증은 결핍과 무관하고, 이와 달리 상반되는 예외적으로 강렬한 두 힘의 갈등의 상쇄에서 비롯한다. 프루스트는 아마도 나중에야 프로이트의 이론을 알게 되었을 테지만, 초기의 글들에서 이미 직관적으로 그 이론의 핵심을 다룬 셈이다.

"절대 걸어서 가지 말아요. 마차에 말을 매라고 시킬게요. 날이 너무 추워요." 프랑수아즈 드 뤼크[1]는 조금 전 친구인 크리스티안[2]을 배웅하면서 이렇게 말했다. 그런데 크리스티안이 돌아간 뒤에 자신의 말이 서툴렀다는 후회가 밀려왔다. 다른 사람한테라면 문제될 게 없었지만,[3] 아픈 크리스티안에게는 몸 상태가 나빠질지 모른다는 불안감을 줄 수 있는 말이었다. 불가에 앉아 발과 손을 차례로[4] 덥히면서 프랑수아즈는 마음속으로 계속

---

1   〈크리스티안 플로랑스 타방〉이라는 이름 위에 줄을 긋고 바꾸었다.
2   [Ms.] 〈크리스티안 타방〉으로 되어 있다. 〈플로랑스 드 뤼크〉라는 이름 위에 줄을 긋고 바꾸었다.
3   "다른 사람한테라면 문제될 게 없었지만": 행간에 더해져 있다.

고통스러운 질문을 던졌다. 크리스티안[5]의 쇠약증을 낫게 할 수 있을까?[6] 아직 하인이 램프를 가져오지 않았다. 그녀는 어둠 속에 있었다. 하지만 다시 손을 녹이려 할 때 불길이 그 손의 우아함을, 그 영혼을 비추어주었다.[7] 이 속된 세상으로 추방된 슬픈 손의 체념어린 아름다움[8]은 표현이 풍부한 눈길보다 더 분명하게 감정들을 드러냈다. 평소 그녀의 두 손은 감미로운 무력감 속에 무심하게 늘어져 있었다. 그런데 그날 저녁에는 너무도 고귀하게 자신들을 지탱해주는 가는 줄기가[9] 부러질지 모를 위험을 감수하면서, 마치 고통에 젖은 꽃들[10]처럼 가혹하게 피어나 있었다.[11] 곧[12] 어둠 속에서 그녀의 눈에 눈물이 맺혔고,[13] 불가로 손

---

4   "차례로": 행간에 더해져 있다.

5   [Ms.] "크리스티안": 〈프랑수아즈〉

6   [Éb.] "프랑수아즈는 마음속으로…… 쇠약증을 낫게 할 수 있을까?": 〈크리스티안은 프랑수아즈의 쇠약증을 치료할 수는 없을지 자문했다.〉 / [Éb.] 이 뒤에 〈스스로에게 있다 혹은 없다로 대답하면서[말하면서] 그녀는 그 어떤 것으로도 누를 수 없는, 가장 격렬한 지적 정신적 분노를 느꼈고, 또한 가장 감미롭고 가장 겸허한 분노를 느꼈다. 그녀의 손이 보였고〉라고 적혀 있다.

7   이어지는 대목은 여러 초고에 다르게 쓰여 있다. 〈부드럽고 섬세한 손은 [sic] 꽃처럼 아름답게, 손을 매단 줄기인 손목에 고상하게 얹혀 있었다. 손은 손목만큼 가는 선을 그리며 솟아나 피어 있었다. 너무도 많이 [sic] 너무도 많은 매력을 지닌 그 손은 얼굴의 시선보다 표현이 풍부하고 영혼보다 고통스럽고 어떤 미소 혹은 눈길처럼 의미심장했다. 그 손들은 평소에는 안정적이고 고향에서 추방된 사람들처럼 고통받는 아름다운 존재들이고, 평소에는 무심하게 길게 늘어져 있는데, 그날 저녁에는 고통스럽게 떨리고 있었다. 손가락들은 그 우아함 속에서 고통스러워했다.〉

8   [Var.] "아름다움": 〈순수한 아름다움〉

9   [Var.] "줄기가": 〈손목이〉

10   [Var.] "고통에 젖은 꽃들": 〈절망의 꽃들〉

을 내밀자 그 위로 한 방울 한 방울[14] 떨어지는 눈물이 환한 빛에 드러났다. 하인이 들어왔다. 전갈을 가져왔다. 편지 한 통이었고, 프랑수아즈[15]가 처음 보는 복잡한 필체였다. (프랑수아즈는 남편이 그녀 못지않게 크리스티안을 좋아하고 자신이 슬퍼할 때면 다정하게 위로하기도 했지만, 혹시라도 갑자기 돌아와[16] 자기가 우는 모습을 보고 괜히 슬퍼할지 모른다는 생각이 들어 잠시 어둠 속에서[17] 눈물 자국을 지우기로 했다.) 그녀는 하인에게 램프를 오 분 뒤에 가져오라고 이른 뒤 편지를 읽기 위해 불가로 가져갔다.[18] 불길이 충분히 밝아서 프랑수아즈[19]가 고개를 숙이면 편지를 읽을 수 있었다. 편지의 내용은 이랬다.

부인,

저는 오래전부터 당신을 사랑했지만, 당신에게 그 사실을 말할 수 없었고 말하지 않을 수도[20] 없습니다. 날 용서하세요. 막연하지

---

11 [Var.] "가혹하게": 〈기이하게〉; [Éb.] 〈그리고 자신들의 언어로 슬퍼했다〉가 더해져 있다.
12 [Éb.] 이 뒤에 〈내려앉는 게 보였다〉라고 적혀 있다.
13 [Éb.] "그녀의 눈에 눈물이 맺혔고": 〈그녀의 눈에 눈물이 비쳤고〉
14 "한 방울 한 방울": 행간에 더해져 있다.
15 [Ms.] "프랑수아즈": 〈크리스티안〉
16 "갑자기 돌아와": 행간에 더해져 있다.
17 [Éb.] "어둠 속에서": 〈어둠 속에 머물며〉
18 [Éb.] "그녀는 하인에게…… 불가로 가져갔다.": 〈그녀는 읽고 뒤집어보고 가져오길 기다리고 가고 편지를 읽기 위해 불가로 가져가고 오 분 동안 기다렸다가 램프를 가져오게 했다.〉
19 [Ms.] "프랑수아즈": 〈크리스티안〉

만 당신의 지적인 삶과 고귀한 영혼에 대해 제가 들은 모든 말이 저에게 오직 부인만이 제가 지금껏 살아온 쓰라린[21] 삶 뒤에 평온함을, 격동의 삶 뒤에 평화를, 의심스럽고 어두운 삶 뒤에 빛으로 가는 길을 만나게 해줄 분이라고 확신하게[22] 만들었습니다. 모르셨을 테지만,[23] 이미 당신은 저의 영적인 동무가 되었습니다. 하지만 이제는 그것만으로 부족합니다. 저는 당신의 몸을 원합니다. 그럴 수 없음에 절망과 광란에 빠져 마음을 달래기 위해, 기다리는 동안에 종이를 구기고 나무[24] 껍질에 이름을 새기고 바람에 대고 혹은 바다를 향해 이름을 부르듯이, 그렇게 이 편지를 쓰고 있습니다.[25] 내 입으로[26] 당신의 입꼬리가 올라가게 만들 수 있다면 내 목숨을[27] 걸 수 있습니다. 가능할지도 모른다는[28] 생각과 불가능하다는 생각이 똑같이 저를 달아오르게 합니다. 지금 내가 바로 그 욕망으로 제정신이 아님을[29] 이 편지를 받은 부인께선 알 수 있을 겁니다. 당신은 친절한 분이지요. 절

---

20 [Var.] "말하지 않을 수도": 〈그렇게 하지 않고 버틸 수도〉

21 [Var.] "쓰라린": 〈가혹한〉

22 [Éb.] "해줄 분이라고 확신하게": 〈해주기 위해 선택되신 분이라고 상상하게〉

23 "모르셨을 테지만": 행간에 더해져 있다.

24 [Var.] "나무": 〈나무들〉

25 [Éb.] 이 뒤에 〈당신입니다〉가 더해져 있다.

26 [Var.] "내 입으로": 〈내 혀로〉

27 [Var.] "내 목숨을": 〈내 모든 목숨을〉

28 [Var.] "가능할지도 모른다는": 〈가능하리라는〉

29 [Var.] "바로 그 욕망으로 제정신이 아님을": 〈바로 그 생각으로 제정신이 아니고 마음을 진정시켜야 함을〉

불쌍히 여겨주십시오, 저는 당신을 가질 수 없어서 죽어갑니다.

프랑수아즈[30]가 편지를 다 읽었을 때 하인이 램프를 들고 들어왔고, 램프 불빛은 그때까지 흔들리는 불확실한 불길 속에서 마치 꿈속에서처럼 읽은 편지가 현실의 것이었음을 인증해주었다. 은은하지만 흔들리지 않는 서늘한 램프 불빛이 이 세계에 속한 사실[31]과 다른 세계에 속한 꿈 사이의 여명에서 우리의 내면 세계를 끌어내고,[32] 물질에, 그리고 삶에 비추어[33] 진짜라는 확인 인장을 찍어주는 것 같았다.[34] 프랑수아즈[35]는 처음에는 남편에게 편지를 보여주고 싶었다.[36] 하지만 이런 불안을 굳이 겪게 하지 않는 게 더 너그러운[37] 일이라는 생각이 들었다. 그리고 어차피 자신이 아무것도 해줄 수 없는 미지의 인물에 대해서는 그냥 침묵을 지키다보면 잊게 되리라[38] 생각했다. 하지만 이튿날 아침에 다시 그녀는 똑같은 부자연스러운 필체의 편지를 받았다.[39]

---

30 [Ms.] "프랑수아즈": 〈크리스티안〉
31 [Var.] "사실": 〈물질적 사실〉
32 [Var.] "끌어내고": 〈그것을 끌어내고〉
33 "그리고 삶에": 행간에 더해져 있다.
34 [Éb.] "진짜라는 확인 인장을 찍어주는 것 같았다.": 〈가장 완전한 삶이라는 확인 인장을 찍어주었다.〉
35 [Ms.] "프랑수아즈": 〈크리스티안〉
36 [Éb.] 바로 뒤에 〈남편은 아직 돌아오지 않았다〉라는 문장이 있다.
37 [Var.] "더 너그러운": 〈그(남편)에게 더 너그러운〉
38 [Var.] "잊게 되리라": 〈잊을 수 있으리라고〉
39 [Éb.] "편지를 받았다.": 〈편지를 받았고, 그 안에는 이렇게 써 있었다.〉

"오늘 저녁 아홉시에 찾아가겠습니다.[40] 당신을 보기라도 해야겠습니다." 프랑수아즈[41]는 겁이 났다. 그 이튿날 크리스티안[42]이 건강에 좋은 신선한 공기를 찾아 두 주 동안 머물게 될 시골로 떠날 예정이었고, 그래서 크리스티안[43]에게 오늘 저녁 집에 와서 자기와 남편과 함께 저녁식사를 하자고 편지를 보내놓은 터였다. 그녀는 하인들에게 다른 사람은 절대 들여보내지 말라고 일렀다. 덧창들도 확실히 닫게 했다.[44] 크리스티안[45]에게는 아무 이야기도 하지 않았다. 그냥 아홉시가 되었을 때, 편두통 때문에 머리가 아프다고 말하면서[46] 자신의 침실과 연결된 응접실에서 잠시만 기다려달라고, 아무도 들이지 말라고 부탁했다. 그러곤 자기 방에서 무릎을 꿇고 기도를 했다. 아홉시 십오분이 되자 그녀는 정신이 아득해지는 것 같았고, 그래서 럼주를 마셔보려고 식당으로 갔다. 그런데 식당 테이블 위에 커다란 흰색 종이가 놓여 있고, 종이에는 인쇄체로[47] 이렇게 쓰여 있었다. "왜 저를 보지 않으려 하시나요. 전 당신을 정말로 사랑합니다. 제가 있었으면 함

---

40 [Éb.] 이 뒤에 〈나는 그만큼 당신을 사랑합니다〉라고 더해져 있다.
41 [Var.] "프랑수아즈": 〈크리스티안〉
42 [Ms.] "크리스티안": 〈프랑수아즈〉
43 [Var.] "크리스티안": 〈프랑수아즈〉
44 "덧창들도 확실히 닫게 했다": 행간에 더해져 있다.
45 [Ms.] "크리스티안": 〈프랑수아즈〉
46 "편두통 때문에 머리가 아프다고 말하면서": 행간에 더해져 있다. 함께 올 수 없는 몇 가지 내용이 행간에 같이 주어져 있다. 예를 들어 〈편두통 때문에 잠시 방에 가서 쉬고 싶다면서〉.
47 [Var.] "인쇄체로": 〈부자연스러운 필체로〉

께 누릴 수 있었을 시간을 당신은 언젠가 아쉬워하게 될 겁니다. 부탁드립니다.[48] 당신을 볼 수 있게 해주세요. 하지만[49] 당신이 명령한다면 저는 즉시 떠나겠습니다." 프랑수아즈는 질겁했다.[50] 하인들에게 무기를 꺼내오라 할까 생각도 했다. 그러나 곧 그런 생각이 수치스럽기도 하고 누군지 알지도 못하는 사람을 누르려면 자신의 권위보다 효과적인 것은 있을 수 없다는 생각이 들었다. 그녀는 종이 아래쪽에[51] 이렇게 적었다. "당장 떠나요. 명령입니다." 그러고는 황급히[52] 자기 방으로 돌아가서 기도대로 달려가 모든 생각을 떨친 채 성모[53]에게 열렬히 기도했다. 삼십 분[54]이 지난 뒤 그녀는 자기가 부탁한 대로 응접실에서 책을 읽고 있던 크리스티안[55]에게 갔고, 뭐라도 좀 마시고 싶다며 같이 식당으로 가자고 말했다. 그녀는 크리스티안의 부축을 받으며 떨면서 식당으로 갔다. [그리고] 쓰러질 듯 휘청거리며 문을 열고는 다 죽어가는 사람처럼 천천히 나아갔다. 한 걸음 옮길 때마다 더는 걸을 힘이 없어서 그대로 쓰러질[56] 것 같았다. 그러다 갑자기 터져나오

---

48 "부탁드립니다.": 행간에 더해져 있다.
49 "하지만": 행간에 더해져 있다.
50 [Var.] "저는 즉시…… 질겁했다.": 〈저는 곧 가겠습니다. 크리스티안은 겁이 났다.〉
51 [Var.] "종이 아래쪽에": 〈종이 한가운데〉
52 [Var.] "황급히": 〈황급히 문들을 닫으면서〉
53 [Var.] "성모": 〈주 예수그리스도〉
54 [Var.] "삼십 분": 〈이어 삼십 분〉
55 [Ms.] "크리스티안": 〈프랑수아즈〉
56 [Var.] "쓰러질": 〈멈춰 설〉

려는 비명을 간신히 참았다. 테이블 위에 새 종이가 놓여 있고, 거기엔 이렇게 써 있었다. "당신의 말을 따릅니다. 다시는 오지 않겠습니다. 당신은 날 다시 볼 수 없을 겁니다."[57] 다행히 크리스티안[58]은 몸이 불편한[59] 친구를 챙기느라 종이를 볼 겨를이 없었고, 프랑수아즈[60]는 아무 일도 없는 척 종이를 집어 주머니에 넣을 수 있었다.[61] 그녀가 곧 크리스티안에게 말했다.[62] "내일 아침에 떠나려면[63] 일찍 들어가봐야죠. 이제 그만 헤어져요. 내일 난 못 가볼 것 같아요.[64] 아침에[65] 내가 안 보이거든 편두통 때문에 늦잠을 자나보다 생각해줘요." (의사가 이미 크리스티안[66]이 너무 심하게 흥분할 위험이 있다며 작별인사를 하지 말라고 일러둔 터였다.) 하지만 자신의 상태를 알고 있는[67] 크리스티안[68]은 프랑수아즈가 왜 못 오는지[69] 이유를 알았고 작별인사를 왜 막았는지도

---

57 "다시는 오지 않겠습니다. 당신은 날 다시 볼 수 없을 겁니다.": 행간에 더해진 말이다.
58 [Var.] "크리스티안": ⟨프랑수아즈⟩
59 [Var.] "몸이 불편한": ⟨어쩔 줄 몰라하는⟩
60 [Var.] "프랑수아즈": ⟨크리스티안⟩
61 [Éb.] 이 뒤에 문장들이 더해져 있다. ⟨그런 다음 그녀는 프랑수아즈[sic]에게 말했다. 뭘 좀 먹으면 편두통이 나을까 해서 식당으로 오자고 했는데, 이제 괜찮네요. 안 그래도 되겠어요. 자, 다시 나가죠.⟩
62 "그녀가 곧 크리스티안에게 말했다.": 행간에 더해져 있다.
63 "떠나려면": ⟨며칠 머물려 떠나려면⟩
64 [Var.] "못 가볼 것 같아요": ⟨못 가봐요.⟩
65 [Éb.] "아침에": ⟨아침은 나한테 너무 일러요.⟩
66 [Var.] "크리스티안": ⟨프랑수아즈⟩
67 "자신의 상태를 알고 있는": 행간에 더해진 말이다.
68 [Var.] "크리스티안": ⟨프랑수아즈⟩

이미 알고 있었다.[70] 그녀는 울면서 작별을 고했고, 프랑수아즈는 크리스티안[71]을 안심시키기 위해 슬픔을 누르며 끝까지 평온한 태도를 유지했다. 프랑수아즈[72]는 잠이 오지 않았다. 미지의 사람이 편지의 제일 끝에 적은 "당신은 날 다시 볼 수 없을 겁니다"라는 말이 자꾸 마음에 걸렸다. 다시 본다라는 말을 썼으니, 그 말은 이미 자신이 그 사람을 본[sic][73*] 적이 있다는 뜻이었다. 그녀는[74] 하인들에게 창문을 확인하게 했다. 모든 덧창은 그대로였다.[75] 그러니까 창문으로는 들어올 수 없었다. 그렇다면 문지기를 매수했다는[76] 뜻이었다. 그녀는 문지기를 해고하려 했다. 하지만 확실하지 않았기에 기다리기로 했다.[77]

이튿날 크리스티안[78]의 의사가 찾아왔다. 크리스틴이 떠나자마자 그녀는 의사에게 환자의 안부를 계속 알려달라고 부탁해놓은 터였다. 의사는 크리스티안의 상태가 돌이킬 수 없을 만큼

---

69 "프랑수아즈가 왜 못 오는지": 행간에 더해진 말이다.
70 "알고 있었다.": 〈이유를 이해하고 있었다.〉
71 [Var.] "크리스티안": 〈프랑수아즈〉
72 [Var.] "프랑수아즈": 〈크리스티안〉
73* 원문에는 이 사람이 여자임이 간접적으로 드러난다(Elle l'a vue). 51쪽 옮긴이주 9*번 참조.
74 [Éb.] "그녀는": 〈이튿날 아침에 그녀는〉
75 [Var.] "그대로였다.": 〈닫혀 있었다.〉
76 [Var.] "문지기를 매수했다는": 〈문지기에게 돈을 주었다는〉
77 [Éb.] "그녀는 문지기를 해고하려…… 기다리기로 했다.": 〈어쩔 수 없이 그녀는 이튿날 곧바로 문지기를 해고했다.〉
78 이름을 혼동한 흔적이 있다. "프랑수아즈" 위에 〈크리스티안〉이라 써 있고, "크리스티안" 위에는 〈프랑수아즈〉라고 써 있다.

위태롭지는 않지만 언제든 나빠질 수 있다고, 정확히 어떻게 치료해야 할지 잘 모르겠다고 털어놓았다. "그분이 결혼을 하지 않았다는 게 큰 불행입니다."[79] 의사가 말했다. "그런 무기력에 유익한 영향을 끼칠 수 있는 건 결혼 같은 새로운 삶뿐입니다.[80] 그렇게 깊은 상태는 그 정도의 새로운 즐거움만이 바꾸어놓을 수 있죠."—"결혼이라뇨!" 프랑수아즈[81]가 외쳤다. "그렇게 아픈 사람과 이제 누가 결혼하려 하겠어요."—"우선 애인을 만들어야죠." 의사가 말했다. "덕분에 낫게 되면 그 사람과 결혼하고요." —"그런 끔찍한 얘기 하지 마세요, 선생님." 프랑수아즈[82]가 외쳤다.—"끔찍한 얘기가 아닙니다." 의사가 슬픈 목소리로 말했다. "그분 같은 상태고 처녀인 경우에는 전적으로 다른 삶[83]이 유일한 해결책일 수 있습니다. 이런 절체절명의 순간에[84] 체면 때문에 망설여서는 안 되죠. 제가 내일 다시 오겠습니다. 오늘은 너무 바빠서요. 내일 다시 얘기하죠."[85]

혼자 남은 프랑수아즈는 잠시 의사의 말을 생각해보았다. 하지만 곧 자기도 모르게 알 수 없는 발신자를 다시 떠올렸다. 그

---

79 [Var.] 이 뒤에 〈애인을 만들지 않아서, 혹은 너무 늦어서, 지금이라도 애인을 만들어야〉라고 적혀 있다.
80 [Éb.] 이 뒤에 〈처녀성이 끝나는 게……〉라고 적혀 있다.
81 [Ms.] "프랑수아즈": 〈크리스티안〉
82 [Ms.] "프랑수아즈": 〈크리스티안〉
83 [Var.] "전적으로 다른 삶": 〈제2의 삶〉〈새로운 삶〉
84 [Var.] "순간에": 〈순간이라면〉
85 [Éb.] 이 뒤에 〈일단 지금은 빨리〉가 더해져 있다.

는 그녀를 만나려 할 땐 너무도 능란하게 대담하며 용감했고,[86] 그녀의 말에 복종해야 할 때는 지극히 겸허하게 포기하면서 너무도 온유했다. 프랑수아즈는 자기를 향한 사랑으로 그런 놀라운 일을 해낸 남자를 떠올리며 흥분에 휩싸였다. 편지를 보낸 사람이 누구일지 몇 번이나[87] 생각한 뒤 이제 그녀는 문제의 인물이 군인이라고 상상하는 중이었다.[88] 늘 군인들을 좋아했던 그녀에게 다시금 옛 열정이, 미덕 때문에 계속 키워나가기를 거부했지만 몽상에 불을 붙이고 순결한 두 눈에 낯선 광채를 스치게 했던 불길이 다시 타올랐다. 한때 프랑수아즈는 혁대를 푸는 데 한참 걸리는 군인들, 저녁에 길모퉁이에 서서 고개를 돌릴 때 검이 뒤쪽으로[89] 끌리는, 소파에 너무 가까이 앉았다가는 구두 뒤축의 큰 박차에 발을 찔릴 위험이 있는, 모두 무심하고 대담하고 부드러운 심장을 너무 거친 옷감 아래 감추고 있어서 그 박동이 잘 느껴지지 않는 용기병들[90] 중 누군가의 사랑을 받고 싶었다.

곧[91] 이 모든 관능적인[92] 생각들은, 비에 젖은 바람이 가장 향기 짙은 꽃들의 잎을 떨어뜨리고 흐트러뜨리고 썩혀버리듯이, 친

---

86 [Var.] "용감했고": 〈많은 위험을 무릅썼고〉
87 [Var.] "몇 번이나": 〈자꾸〉
88 여기부터 이어지는 대목은 사실상 이 단편의 줄거리와 직접적인 관련이 없는 곁가지 이야기다.
89 "뒤쪽으로": 행간에 더해진 말이다.
90 [Var.] "용기병": 〈포병, 엽병〉
91 [Var.] "곧": 〈하지만 곧〉
92 [Var.] "관능적인": 〈사악한〉

구를 잃게 된다는 슬픔이 불러온 눈물의 물결에 잠겨버렸다. 우리의 영혼은 하늘만큼이나 자주 얼굴을 바꾼다. 우리의 가련한 삶은[93] 관능의 물결[94]과 미덕의 항구 사이에서, 관능의 물결에는 용기가 없어 오래 머물지 못하고 미덕의 항구에는 힘이 없어 다다르지 못하는 채로 갈팡질팡하며 떠다닌다.[95]

전보가 왔다. 크리스티안의 상태가 더 나빠졌다. 프랑수아즈는 곧바로 떠나서 이튿날[96] 칸에 도착했다. 크리스티안이 머무는 별장으로 갔지만 의사가 당장은 환자를 만나지 말라고 막았다. 지금은 너무 약해진 상태라고 했다. "저는 부인께 친구분의 삶에 대해 그 어떤 것도 드러내고[97] 싶지 않습니다. 제가 다 알지도 못하고요." 의사가 말했다. "하지만 부인께선 저보다 환자분을 잘 아실 테니, 어쩌면 환자의 마지막 시간을 짓누르고 있는 고통스러운 비밀을 짐작하실 수도 있을 것 같아서 말씀드립니다. 그것만 알면 환자의 마음을 달래줄[98] 수 있고 어쩌면 낫게 할 수도 있을 테니까요. 그분은 계속해서 작은 상자 하나를 가져오게 하고, 모두 내보낸 뒤 한참 동안 그 상자를 앞에 놓고 있다가[99] 매번 일종의 신경발작을 일으킵니다. 상자가 저기 있는

---

93 [Éb.] 이 뒤에 〈동시에 관능이다〉라고 써 있다.
94 [Var.] "물결": 〈고혹적인 이야기들〉
95 [Éb.] "떠다닌다.": 〈관능에서 미덕으로 떠다닌다.〉
96 [Var.] "이튿날": 〈저녁에〉
97 [Var.] "드러내고": 〈보여주고〉
98 [Var.] "달래줄": 〈진정시킬〉

데 저는 차마 열어보지 못했습니다. 환자가 지금 너무 쇠약해져서 언제라도 위중하고 급박한 상태에 이를 수 있으니, 부인께서 그 안에 뭐가 있는지 열어보셨으면 합니다. 어쩌면 모르핀이 있을지도 모릅니다. 몸에 주사를 놓은 흔적은 없지만, 삼켰을 수도 있지요. 환자가 그 상자를 가져오라고 하면 못하게 막을 수는 없습니다. 그랬다가는 흥분해서 금방 위험해지고 자칫 치명적인 상태가 될 수 있으니까요. 그렇게 가져오게 하는 게 무엇인지 알면 큰 도움이 될 겁니다."

프랑수아즈[100]는 잠시 생각에 잠겼다. 지금껏 크리스티안이 애정의 비밀을 털어놓은 적은 없었다. 비밀이 있었다면 분명 말했을 것이다. 상자 안에는 분명 모르핀이나 비슷한 종류의 독이 들어 있을 터였다. 의사는 기필코 당장 알아내야 한다고,[101] 상자를 열어보아야 한다고 주장했다. 프랑수아즈는 가벼운 동요를 느끼며 상자를 열었고,[102] 처음에는 아무것도 보이지 않았다. 곧 종이를 발견하고 펼친 그녀는 잠시 넋이 나간 사람처럼 멍하니 있다가 비명을 지르며 쓰러졌다. 의사가 달려왔다. 프랑수아즈는 잠시 기절한 상태였다. 옆에는 그녀가 떨어뜨린 상자와 함께 종

---

99 [Éb.] "계속해서 작은 상자 하나를…… 앞에 놓고 있다가": 〈계속 편지 같은 것을 가져오게 하고, 그것을 앞에 놓고 모두 나가게 한 다음에 혼자 있다가〉
100 [Éb.] "프랑수아즈": 〈크리스〉
101 "알아내야 한다고": 행간에 더해진 말이다.
102 [Éb.] "열었고": 〈열었고, 들여다보았고〉

이도 떨어져 있었다. 의사가 종이를 읽었다. "당장 떠나요. 명령입니다." 곧 정신을 차린 프랑수아즈는 돌연 고통스럽고 격렬한 경련을 일으켰고, 잠시 후 차분해진 듯한[103] 목소리로 말했다. "너무 흥분해서 안에 있는 게 아편 약물인 줄 알았어요. 내가 제정신이 아닌가봐요."[104] 이어 그녀가 의사에게 물었다. "크리스티안이 정말로 나을 수 있을까요?"—"그럴 수도 있고 아닐 수도 있습니다. 신체상으론 아무런 문제가 없으니 지금의 쇠약증이 멈추기만 한다면 완전히 나을 수 있겠죠. 하지만 무엇으로 지금 상태가 멈출지 말할 수가 없으니 문젭니다. 아마도 사랑의 슬픔 때문에[105] 괴로운 것 같은데 불행히도 정확히 어떤 건지 알 수가 없으니까요. 만일 지금 살아 있는 누군가가 그분을 위로하고 낫게 할 수 있는 힘을 가지고 있다면, 제 생각에 [그 사람은] 그 어떤 대가를 치르더라도 엄정한 애덕의 의무를 완수해줄 것 같습니다."[106]

프랑수아즈는 곧바로 전보용지를 가져오게 했다. 그러곤 자신의 고해신부에게 다음 기차로 와달라고 썼다. 크리스티안은 온종일 그리고 밤새도록 거의 완전한 반수半睡 상태였다.[107] 프랑수

---

103 "듯한": 행간에 더해져 있다.
104 [Éb.] 이 뒤에 〈이 종이밖에 없었습니다. 의사가 말했다〉가 더해져 있다.
105 [Var.] "슬픔 때문에": 〈슬픔으로 인해〉
106 [Éb.] "완수해줄 것 같습니다.": 〈다하지 못할 겁니다.〉
107 [Var.] "거의 완전한 반수半睡 상태였다.": 〈무척이나 평온했다.〉

아즈가 왔다는 소식도 감춰야 했다. 이튿날 아침에 크리스티안의 상태가 몹시 나쁘고 불안정했기에 의사가 마음의 준비를 시킨 다음[108] 프랑수아즈를 들여보냈다. 프랑수아즈는 다가가서 크리스티안이 겁먹지 않도록 좀 괜찮으냐고 물었고,[109] 침대 옆에 앉아 세심하게 골라낸 다정한 말들로 상냥하게 위로를 건넸다. "기운이 너무 없어요. 이마를 가까이 대줘요. 입을 맞추고 싶어요." 크리스티안이 말했다. 프랑수아즈는 본능적으로 뒤로 물러났고, 다행히 크리스티안은 그 모습을 보지 못했다. 프랑수아즈는 얼른 마음을 다스려 한참 동안[110] 다정하게 크리스티안의 뺨에 입을 맞췄다. 크리스티안은 상태가 좋아지고 활기도 조금 돌아온 것 같았다. 먹을 것도 찾았다. 그때 하인이 들어와서 프랑수아즈의 귀에 대고 말했다.[111] 그녀의 고해신부인 트레스브의 신부[112]가 막 도착한 것이다. 프랑수아즈는 옆방으로 가서 신부와 이야기를 나누었다. 그녀는 신부가 알아차리지 못하도록 능숙하게 바꾸어 말했다. "신부님, 만일 어떤 남자가 한 여인 때문에, 이미 다른 사람[sic][113*]의 여자가 된 그 여인 때문에 죽어가

---

108 "마음의 준비를 시킨 다음": 행간에 더해져 있다.
109 [Var.] "물었고": ⟨상냥하게 물었고⟩
110 "한참 동안": 행간에 더해져 있다.
111 [Var.] "들어와서…… 말했다.": ⟨말하러 왔다.⟩
112 "트레스브의 신부": 행간에 더해져 있다. 글씨가 ⟨트레스트⟩ 같기도 하다.
113* 원래대로라면 "다른 사람"을 남성형(un autre)으로 써야 하지만, 여성형(une autre)으로 되어 있다.

고 있다면, 하지만 자신이 지닌 미덕으로 인해 그 여인을 유혹하지는 못한다면, 가까이 온 확실한 죽음에서 그 사람을 구해줄 수 있는 것이 오로지 그 여인의 사랑밖에 없으니 그 여인이 사랑을 줘도 죄가 되지 않을 수 있을까요?" 프랑수아즈가 물었다. —"어떻게 부인께서 직접 답을 찾지 못하실[114] 수 있습니까?" 신부가 말했다.[115] "만일 그렇게 한다면 그 여인은 환자가 약해진 상태를 이용해서, 환자 스스로 자신의 올바른 의지를 위해, 그리고 자신이 사랑하는 여인의 순결을 위해 생명을 바치기로 한 희생을 더럽히고 망가트리고 가로막고 부수게 됩니다. 그 사람의 죽음은 아름다운 죽음이 될 텐데, 부인께서 말씀하신 행동은 그토록 고결하게 자신의 정념을 이겨냄으로써 하느님의 왕국에 들어갈 자격을 얻은 사람에게 그 왕국의 문을 닫아버리게 됩니다. 무엇보다[116] 언젠가 하느님의 왕국에서 자기만 없었으면 죽음과 사랑보다 높은 영예를 사랑했을 그 남자를 다시 만나게 될 텐데 그보다 더 심한 실추가 있을까요?"

하인이 프랑수아즈와 신부를 찾았다. 죽음을 앞둔 크리스티안이 고해성사를 하고 죄를 사면받기를 원했다. 이튿날 크리스티안이 숨을 거두었다. 프랑수아즈는 미지의 인물이 보낸 편지를 더이상 받지 않았다.

---

114 [Var.] "직접 답을 찾지 못하실": 〈주저하실〉
115 [Var.] "말했다.": 〈대답했다.〉
116 [Éb.] 이 뒤에 〈신에게서 그런 기쁨을 빼앗게 될 남자에게〉가 나온다.

―

프랑수아즈가 알 수 없는 발신자를 군인이라 상상하며 빠져든 상념이 네 페이지에 걸쳐 전개되는 다른 글이 있다. 이야기의 주 인공은 「알 수 없는 발신자」의 주인공과 달리 이름이 나오지 않 고, 미망인이고, 억누르고 있기는 하지만 뜨거운 관능을 지닌 여 인이다. 그리고 그 인물을 그리는 과정에서 군대와 관련된 은유 가 길게 펼쳐진다―물론『잃어버린 시간을 찾아서』를 쓸 때 프 루스트가 군사전략의 상징이라는 영감을 받는 일차세계대전보 다 훨씬 앞선 때의 군대다. 이 글에서 예술적 소양, 특히 보티첼 리의 역할은 「스완의 사랑」의 분위기를 예고한다. 또한 예술들 간의 (바그너적인?) 조응을 통해 미술과 음악과 문학이 균형을 이 룬다(『잃어버린 시간을 찾아서』에서 각각 엘스티르, 뱅퇴유, 베르고트 로 대변된다). 이야기 주인공의 존재감은 잘생긴 군인의 초상화 앞에서 흐려진다. 그녀는 새로운 이폴리트 앞에 선 새로운 페드 르("그녀는 그를 보고는 사랑했다"[117*])처럼 그 군인을 정복하고 싶 어한다. 한 젊은 여인과 장교 사이의 잠재적 사랑을 보여주는 이 대목은『안나 카레니나』의 주제를 떠올리게 한다. 사실 프루스 트의 창작에서『장 상퇴유』를 포함한 초기는『안나 카레니나』와 밀접한 관련이 있다. 부수적으로, 「알 수 없는 발신자」에서 멀어

117* 이 글의 끝부분(73쪽)에 나오는 구절이다.

져 새로운 이야기의 배아가 될 이 글에는 고대와 중세의 영주 지배기 어느 시점에 리구리아의 이리아 주변, 밀라노 지방 어딘가에 살던 이리아인들과의 전쟁 이야기가 등장한다. 현대의 독자들이라면 쥘리앵 그라크[118*]를 떠올리게 할 모호성이다.

———

미덕을 위해 살아가겠다고[119] 결심하기 전 우유부단했던 시기에 그녀는 군인들을 무척 좋아했다. 혁대를 푸는 데 한참 걸리는—아! 너무 오래 걸린다!—포병들, 저녁에[120] 길모퉁이에 서서 고개를 돌릴 때 검이 뒤쪽으로 끌리는, 소파에 너무 가까이 앉았다가는 구두 뒤축의 큰 박차에 발을 찔릴 위험이 있는 용기병들이 좋았다. 창기병, 흉갑기병, 엽병,[121*] 다들 무심하고 대담하고 순결하고 부드러운 심장을 너무 거친 옷감 아래 감추고 있어서 그 박동이 잘 느껴지지 않는[122] 군인들이 좋았다. 그런데 부모가 알면

118* 그의 대표작 『시르트의 바닷가』(1951)는 특정한 시대 배경이 없으며 공간 배경도 허구의 지명들로 이루어진다.

119 [Var.] "미덕을 위해 살아가겠다고": 〈정절을 지키며 살기로〉

120 "저녁에": 행간에 더해져 있다.

121* 19세기 중엽에 보병이나 기병 중에 빠른 기동력을 지닌 병사들을 따로 모아 '사냥꾼'이라는 이름을 붙인 병과兵科(18세기 독일에서 사냥꾼들을 중심으로 조직한 민병대에서 나온 이름이다).

122 "그 박동이 잘 느껴지지 않는": 행간에 첨가되어 있다. 원래는 〈감추고 있는〉으로 끝난다.

절망하리라는 두려움,[123] 사교계에서 누리고 있는[124] 좋은 자리를 지켜내고 싶은 욕망, 무엇보다 그녀의 성격이, 그러니까 우연히 강요된 모험을 포기하지 못하고[125] 또한 기회가 마련된 모험조차[126]도 시도하지도 못하게 하는[sic][127]* 망설임 많은 성격[128]의 고귀함이 그녀의 처녀성을 지켜냈다. 그렇게 결혼을 했고, 이 년 만에 남편이 죽었다. 이제 그녀의 관능이 설욕전을[129] 시작했다. 그렇다고 직접 한 건 아니었고,[130] 사고력을 약화시키고 상상력을 타락시키는,[131] 아무 관계 없는 생각들에 매혹적인 혹은 실망스러운 감촉을 부여하는, 가장 근엄한 것들에 사랑의 향기를 더하는, 마음의 사막에 욕망의 신기루가 빛을 발할 수 있도록 불길을 쏟아붓는 방식이었다.―서서히 진행된 그러한 의지[132]의 타락 과정을 통해[133] 관능은 그녀에게 겉으로는 더 심각해 보였을 품행이라는 전장戰場에서의 패배[134]보다 훨씬 무거운 도덕성의 실추를 안

---

123 [Éb.] "두려움": 〈근심〉
124 [Var.] "누리고 있는": 〈누려야 하는〉
125 [Var.] "모험을 포기하지도 못하고": 〈모험에서 벗어나지도 못하고〉
126 "조차": 행간에 첨가되어 있다.
127*이 대목에서 '~를 하지 못하게 만들다'라는 뜻의 동사 'empêcher'의 과거분사
    도 주인공에 일치하여 여성형을 써야 하지만 남성형으로 되어 있다.
128 [Var.] "망설임 많은 성격": 〈성격〉
129 [Éb.] "설욕전을": 〈그녀의 이성에 설욕전을〉
130 [Var.] "직접 한 건 아니었고": 〈품행이라는 전장에서는 아니었고〉
131 "사고력을 약하게 만드는"이 행간에 더해져 있다.
132 [Var.] "의지": 〈상상력〉
133 [Éb.] "타락 과정을 통해": 〈타락 과정으로 괴롭히면서〉 / [Var.] "타락 과정을 통
    해": 〈타락 과정 속에서〉

졌다. 그때까지는 더없이 고통스러운 관능[135]마저 정제해준 예술과 문학과 음악에 대한 풍부한 소양이, 그리고 남편을 먼저 보낸 뒤 미덕 속에 살아온 긴 여가 동안에 지켜온 보기 드문 정신의 자연스러운[136] 기품이 그녀로 하여금 성향을 추스르고 조화롭게 정돈하고 확대시킬 수 있게 해주었다. 그것이 그녀의 힘이고, 에너지이고, 가치였다. 그런데 모든 것이 서서히 적에게 넘어가고 있었다. 바로 그즈음, 스물세 살의 대위[137] 오노레[138]는 이리아 사람들과 치른 작은 전쟁 이후 삼 년 사이 소령으로, 이어 대령으로, 다시 사령관으로 진급했다.[139] 그는 자기 사진을 찍지 못하게[140] 했지만, 잡지들과 대가들이 그린 초상화 몇 점[141] 덕분에 그의 신비스러운 아름다움은 진부해지지 않으면서 인기를 얻었다. 입속에 꽃을 씹는 듯 심드렁하게 앙다문 붉은[142] 두 입술 위에 맴도는 나른한 미소, 절대적으로 완벽한[143] 윤곽선, 슬픔, 빛, 그림자, 초록빛이 감도는 눈길에 어린 부드러운 위엄,[144] 양쪽 옆은 짧지

---

134 [Éb.] "패배": 〈설욕〉
135 [Éb.] "관능": 〈관능들〉
136 "자연스러운": 행간에 더해져 있다.
137 [Var.] "대위": 〈중위〉
138 "오노레" 옆에 행간에 "노우랭Nowlains"이라는 이름이 적혀 있다. 뒤이어 나오는 "노틀랭Notlains" 장군 참조.
139 [Éb.] 이 뒤에 더해진 내용이 있다. 〈그는 똑똑하기로 이름났고, 퇴폐적인 나폴레옹으로 통했고, 훌륭한 대위들만큼 섬세한, 옛날에는 원기왕성했던 지성. 사진.〉
140 [Éb.] "찍지 못하게": 〈찍게〉
141 [Éb.] 행간에 〈모든 공식 군사 행사들〉이라고 적혀 있다.
142 "붉은": 행간에 더해져 있다.
143 [Var.] "완벽한": 〈순결한〉

만 군모 아래는 어린아이의 것처럼 풍성하고 빛나고 가벼운 머릿결, 엉덩이 윤곽이 도드라진 날씬한 허리께, 보티첼리의 인물처럼 추상적이고 함축적인, 흉내낼 수 없는 멋, 브뤼멜[145*]처럼 우아하고[146][누락][147*] 상류 화류계 여인처럼 관능적으로 홀리는 멋[148]까지, 이 모든 것이 그의 안에[149] 너무도 관능적인 조형적 완벽성과 너무도 매혹적인 힘을, 그의 밖에서라면 아마도 적敵으로 만났을 두 가지를 한데 섞어놓았다. 사색에 젖느라 보통 두 눈가가 놀라우리만치 짙어지고 눈길 속이 깊어지지만, 그러느라 안색이 흐려지고 허리도 굽었다. 이전에 노틀랭 장군은 이 법칙[150]을 피해 간 적이 있다. 그녀는 초상화 속 군인을 보기 전에 이미 사랑하고 싶었고, 그를 보고는 사랑했다. 계속 그를 생각하느라 상상력을 그에게 바쳤고, 그 화려한 신비를 흩뜨리지 않게끔 너무 분명하게 떠올리지는 않으면서 완전한 〔중단됨〕

---

144 [Var.] 이 뒤에 〈어린아이의 것처럼 빛나는 머릿결〉이 더해져 있다.
145* George Brummell(1778~1840). 영국 댄디즘의 시조로. '아름다운 브뤼멜'이라는 별명으로 불렸다.
146 [Var.] "우아하고": 〈정교하고〉
147* 원문은 문법적으로 불완전한 구문이다. d'une [lacune] aussi élégante que celle de Brummel.
148 행간에 〈우아함〉이라고 써 있다.
149 [Var.] "그의 안에": 〈그에게 주어져 있었다.〉[sic]
150 [Éb.] "법칙": 〈인간적 법칙〉

어느 대위의
추억

*Souvenir
d'un capitaine*

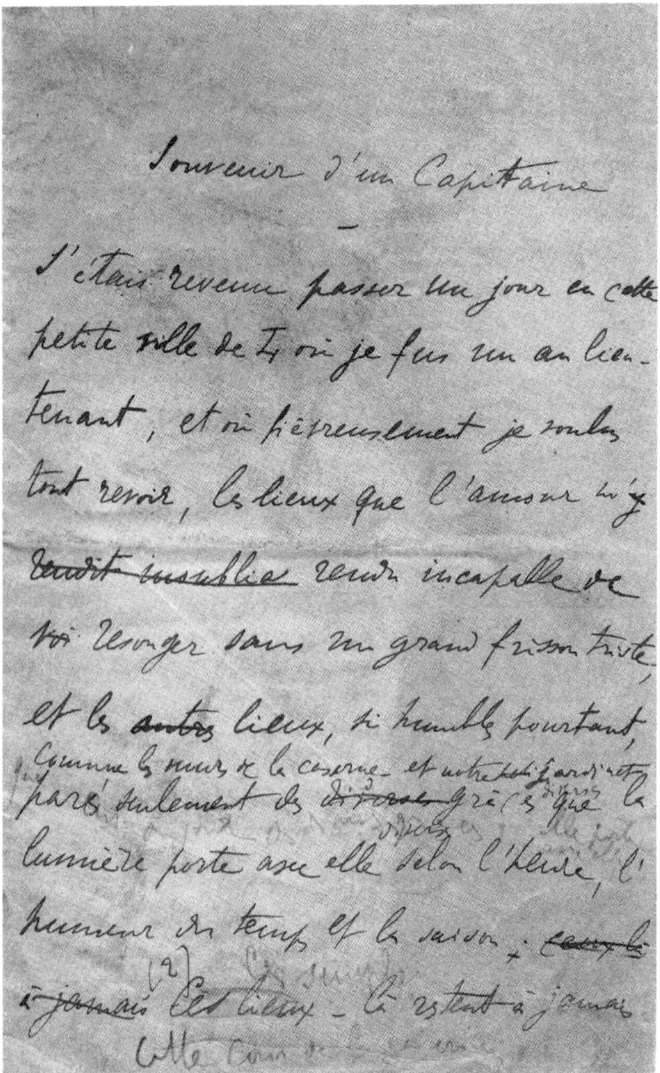

〈그림 2〉「어느 대위의 추억」, 수고본 원고, 첫 부분.

이 책을 통해 처음 소개되는 다른 단편들과 달리 「어느 대위의 추억」은 이미 출간된 적이 있다(《그림 2》 참조). 베르나르 드 팔루아가 1952년 11월 22일 『르 피가로』 7면에 수고본 그대로 실었고, 이후 필립 콜브가 『새로 발견된 마르셀 프루스트의 글들』[1]에 그대로 실었다(콜브는 프루스트의 수고본 원고를 직접 확인하지 못했다). 수고본 원고에 줄을 그어 지우고 고쳐놓은 곳이 많기 때문에, 이 책에 실린 「어느 대위의 추억」에는 이전에 출간된 것에서 미세하게 수정된 대목들이 있다.

「어느 대위의 추억」에서 두 남자의 친밀한 관계는 암시될 뿐 한 번도 직접적으로 지칭되지 않는다. 개인적인 경험(아마도 1889년 11월 15일부터 1890년 11월 14일까지 오를레앙에서의 군복무)과 너무 가까운 이 이야기를 프루스트는 출간하지 않았다. 이 글에서 가장 완성도 높은 부분은 대위와 하사의 만남이 둘 사이에 대화 없이 이어지는 장면이다. 반면 도입부는 맥락 없이 추가된 대목들 때문에 일관된 전체를 이루지 못한다.

베르나르 드 팔루아가 지적했듯이 이 글에서는 '올랭피오의 슬픔'[2*]에 대한 암시를 볼 수 있고("그는 모두 다시 보고 싶었다"), 이는 훗날 『소돔과 고모라』에서 샤를뤼스 남작에 의해 눈부시게 전

---

1   *Textes retrouvés de Marcel Proust*, Urbana: University of Illinois Press, 1968, pp. 84~86; 이어 『프루스트 작가 수첩』에 재수록되었다.(*Cahiers Marcel Proust*, Paris: Gallimard, nouvelle série, no 3, 1971, pp. 253~255)

개된다. "마차가 어느 성 앞을 지나갈 때 카를로스 에레라[3*]가 성의 이름을 묻는 순간이 얼마나 아름다운지! 그 성은 라스티냐크, 사제가 한때 사랑했던 청년의 성이었다네. 카를로스 에레라는 몽상에 빠졌고, 스완은 그것을 재치 있게도 남색에 관한 '올랭피오의 슬픔'이라 불렀지"(『잃어버린 시간을 찾아서』, 3권, p. 437). '올랭피오의 슬픔'이라는 말은 1908년의 작가 수첩 1에도 나온다(『수첩』, p. 32). 하지만 표현 이전의 생각은 이미 훨씬 전에 이 글에서 만들어졌음을 알 수 있다. 또한 대위가 하사 앞에서 어떤 태도를 취할지 고민하는 모습은 발베크에서 샤를뤼스 남작이 주인공을 관찰하는 모습과 비슷하고(같은 책, 2권, pp. 110~112), 젊은 군인에게 매혹된 대위의 모습은 샤를뤼스가 동시에르역에서 제복 입은 바이올리니스트 모렐을 바라보는 장면과 비슷하다(같은 책, 3권, p. 225). 그리고 대위가 말을 탄 채 하사에게 건네는 작별인사는, 『게르망트 쪽』에서 생루가 동시에르에서 뜨거운 시간을 보낸 뒤

2*   빅토르 위고가 1840년에 출간한 시집 『빛과 그림자Les Rayons et les Ombres』에 수록된 시로, 영원한 자연 속에서 한정된 삶을 살아가는 슬픔을 노래한다. 괄호 속에 예문으로 주어진 구절은 「올랭피오의 슬픔」에서 인용되었고, 「어느 대위의 추억」 첫 부분(86쪽)에도 주어만 바꾸어 "나는…… 모두 다시 보고 싶었다"로 나온다.

3*   발자크의 『고리오 영감』 『잃어버린 환상』 『화류계 여인들의 영화와 몰락』 등에 등장하는 보트랭은 도형수 감옥에서 탈옥한 뒤 여러 가지 신분으로 살아가는 인물이고, 카를로스 에레라 사제도 그중 하나다. 사제는 『잃어버린 환상』의 끝부분에서 자살하려는 젊은 시인 뤼시앵 샤르동을 구해서 마차에 태워간다. 어느 성 앞을 지나가며 뤼시앵으로부터 그곳이 라스티냐크의 성이라는 사실을 알게 된 그는 자신이 전에 사랑했던 라스티냐크를 떠올린다.

정작 마차에 타고서는 주인공에게 이상한 인사를 건네는 장면을 마치 음화처럼 그대로 보여준다. "그리고 그는 미소도 짓지 않고 얼굴 근육을 조금도 움직이지 않으면서 전속력으로 멀어졌다. 마치 모르는 병사에게 답례하듯 손을 들어 이 분 동안 군모 테두리에 대고 있기만 했다"[같은 책, 2권, p. 436].

하지만 「어느 대위의 추억」의 독창성은 동성애적인 감정을 겪는 존재를 일인칭으로 보여준다는 데 있다. 이 인물은 자신의 감정이 동성애적이라는 사실을 인지하지 못한다. 그가 사실을 이야기하고 그로 인한 고뇌를 겪는 동안 솟아오르는 "왜 그랬을까?"라는 물음이 말해주듯, 적어도 의식적으로는 그렇다. 인물 속에 무의식적으로 분출되는 동성애와 『잃어버린 시간을 찾아서』의 전체적인 주제가 될 것(소명의 이야기), 그 둘 사이의 관계는 이후 『소돔과 고모라』의 한 대목에서 분명하게 밝혀진다. "젊을 때는 자신이 시인임을 알지 못하는 것과 마찬가지로 자신이 동성애자임을 알지 못한다"[같은 책, 3권, p. 954].

대위가 일반적인 성찰을 이어가는 부분은 그의 회상 대목만큼 완성된 상태는 아니지만 주의깊게 보아야 한다. 기억에 관한 성찰이자, 생각이 어떻게든 형태를 얻으려 애쓰면서 이루어지는 현실의 재창조에 관한 성찰이기 때문이다. 이 글에 나오는 구절 "게으름 때문에, 자각 없음과 '무념무상'의 작은 재능 때문에 타락하게 된다"는 훗날 프루스트가 '잃어버린 시간'이라고 부르게 될 것에 대한 흥미로운 직관이다. 또한 피히테처럼 자아의 '안'과 '바깥'

을 대립시키는 이러한 전개에는—나중에 『잃어버린 시간을 찾아서』의 화자는 이렇게 쓰게 된다. "우리 바깥이라고? 그보다는 우리 안이다"[같은 책, 2권, p. 4]—프루스트가 학생 시절 철학을 배울 때 익힌 사변이 깔려 있다. 또한 그 결과도 이미 이 글에 주어져 있다. 즉 이야기 서술에서 반대되는 두 가지 가능성을 실험적으로 하나씩 시도한 뒤 그로부터 끌어낼 수 있는 사변적 입장을 비교해보는 것이다. 어느 부분을 줄을 그어 지웠느냐에 따라 대위는 하사의 얼굴이 **다 생각난다**고 말하거나 혹은 **분명하게 생각나지 않는다**고 말한다. 이 소중한 망설임 속에 프루스트의 사변적 소설의 미래가 담겨 있다.

나는 중위로 복무하느라 일 년간 머물렀던 소도시 L.을 하루 일정으로 다시 찾아갔고, 그곳에서 사랑 때문에[1] 애달픈 전율 없이는 다시 떠올릴 수 없게 된 장소들, 병영의 담이나 작은 정원처럼 더없이 소박하지만 시간에 따라, 날씨의 변덕과 계절에 따라 빛이 만들어내는 다양한 매력으로 장식되는 장소들[2]을 모두 다시 보고 싶었다. 그 장소들은 내 상상력[3]이 만들어내는 작은 세계 속에서 영원히[4] 더없는 부드러움과 더없는 아름다움의

---

1   [Éb.] "사랑 때문에": 〈사랑 때문에 잊지 못하고〉

2   [Var.] "장소들": 〈또다른 장소들〉

3   [Var.] "상상력": 〈일상적 상상력〉

4   [Var.] "영원히": 윗줄의 "그 장소들은" 뒤에 놓여 있다. 〈그 장소들은 영원히〉

옷을 입고 있었다. 몇 달 동안 생각하지 않고 지내다가도 어느날 갑자기, 마치 저녁나절 오르막길에 올라 돌아서는 순간 경쾌한 빛 속에 마을과 교회와 작은 숲5이 펼쳐지듯 그곳이 떠오르곤 했다. 병영의 마당, 여름이면 동료들6과 함께 저녁을 먹던 정원,7 아마도 그것은 아침 혹은 저녁의 황홀한 빛 같은 감미로운 신선함이 채색해놓은 기억일 것이다. 그 세계에서는 대수롭지 않은 작은 것들 하나하나가 전부 환한 빛을 받고 있었고, 나에게 그것들은 너무 아름다웠다. 나는 지금 그대를 언덕 위에서 내려다보는 것 같다. 그대는 나의 바깥에 존재하는 자족적인 작은 세계고, 감미로운 아름다움, 뜻밖의 밝은 빛을 지니는 세계다. 그리고 내 마음, 이전에는 즐거웠던 마음이 지금은 슬프고, 하지만 한순간 지금의 병든 불모의 마음은 이전의 마음을 사로잡아와서8 즐거워지고, 이전의 즐거운 마음은 햇빛 가득한9 이 정원에, 내게서 먼, 하지만10 너무도 가까운, 이상하게 가까운, 내 안에 있는, 하지만 내 바깥에 있어서 다시는 가볼 수 없는 병영의11 마당에 와 있다. 그 마음이 와 있는 곳은 경쾌한 빛에 잠긴 작은

---

5 [Var.] "작은 숲": 〈들판〉
6 [Var.] "동료들": 〈전우들〉(위에 줄을 그어놓았다.)
7 [Éb.] 문장 제일 앞에 있는 "병영의 마당"이 이 자리에 있다.
8 [Éb.] "사로잡아와서": 〈설득해버리고〉 / [Éb.] "사로잡아와서": 〈기쁨 속에 사로잡아서〉
9 [Var.] "햇빛 가득한": 〈환하게 밝은〉
10 "하지만": 행간에 더해져 있다.
11 "병영의": 행간에 더해져 있다.

도시고, 내 귀에는[12] 햇빛 가득한 거리를 채우는 맑은 종소리가 들려온다.

그러니까 나는 소도시 L에 하루 일정으로 다시 찾아왔다⋯⋯[13] 그곳이 이따금 내가 마음속에서 되찾던 것만 못하다는 슬픔이[14] 걱정했던 만큼 크지는 않았다. 사실 나는 어딜 가든 마음속에 떠오르곤 하던 그 도시를 이제는 거의 떠올리지 않게 되었고, 그래서 정말로 슬프고 때로는 절망스러웠다⋯⋯ 절망할 일이 너무 많은 우리는 결국 게으름 때문에, 자각 없음과 '무념무상'의 작은 재능 때문에 타락하게 된다. ― 내가 그곳에서 지낼 때 사람들과 사물들 곁에서 심한 우수를 느끼곤 했던 것도 바로 그 때문이었다. 설명하기 힘든 큰 즐거움들이[15] 있기는 했지만, 그런 즐거움은 당시에 나와 완벽하게 같은 삶을 살고 있던 두세 명의 친구하고만 공유할 수 있는 것이었다. 아무튼 이제 이야기를 해보겠다. 그날 나는 식사 후에 곧바로 기차를 탈 생각이었고, 그래서 저녁을 먹으러 가기 전에 우선 그 도시의 반대쪽 끝에 병영이 있는 다른 연대[16]에 배속된 나의 옛 당번병[sic][17*]에

---

12 [Var.] "내 귀에는": 〈그래서 내 귀에는〉
13 [Var.] "다시 찾아왔다.": 〈돌아왔다.〉
14 [Éb.] "슬픔이": 〈슬픔이 그 자체로는〉
15 [Var.] "큰 즐거움들이": 〈큰 즐거움과 작은 즐거움들이〉
16 [Éb.] "연대": 〈연대의 병영〉
17* 원문에는 '당번병'을 뜻하는 여성형 명사 ordonnace가 남성형으로 쓰였다: mon ancien [sic] ordonnance changé de corps.

게 내가 놓고 간 책들을 보내라고 명하기 위해[18] 찾아갔다. 거리
에 인적이 드문 시각에 그의 새 연대 병영의 작은 문 앞에서 그
를 만났다.[19] 우리는 저녁 빛이 환한 길에 서서 십 분 동안 이야
기를 나누었고, 그곳에는 병영의 작은 문에 몸을 기댄 채로[20] 경
계석[21]에 앉아 신문을 읽는 하사밖에 없었다.[22] 지금은 그의 얼
굴이 분명하게[23] 생각나지 않지만, 그는 키가 아주 컸고 약간 날
씬한 몸에 눈과 입에 섬세하고 부드러운 무언가를 지니고 있었
다. 그가 너무도 신비스러운[24] 매력으로 나를 끌어당기는 바람
에 나는 내 말과 행동에 신경을 쓰기 시작했고, 그의 마음에 들
려고 애썼고, 섬세한 감각이든 호의든 자부심이든 동원하여 조
금 멋진 말을 하려고 애썼다. 내가 군복을 안 입고 왔다는[25] 말,
그리고 마차를 타고 왔는데[26] 이야기를 나누는 동안 잠시 세워
두었다는 말은 잊어버렸다. 그렇지만 위병근무중인 하사가 나와
중위 진급 동기[27]인 C. 백작이 그날 하루 쓰라고 빌려준 마차를

18 [Éb.] "명하기 위해": 〈말하기 위해〉
19 이 뒤에 〈그는 막 나서던 길이었다〉가 더해져 있다./ 수고본에는 이 문장과 뒷 문
    장 사이에 〈:〉 표시가 되어 있지만 〈,〉가 와야 한다.
20 "문에 기댄 채로": 〈문 앞에서〉
21 "경계석": 〈보초 경계석〉
22 이 자리에 〈나는 그 하사의 얼굴이 다 생각난다〉가 더해져 있다.
23 "분명하게": 〈잘〉
24 [Éb.] "너무도 신비스러운": 〈설명할 수 없는〉
25 [Var.] "군복을 안 입고 왔다는": 〈군복 차림이 아니라는〉
26 [Éb.] "마차를 타고 왔는데": 〈마차로 왔는데〉
27 [Éb.] "중위 진급 동기": 〈중위 진급을 같이한 동료〉

알아보지 못했을 리 없었다. 또한[28] 옛 당번병이 대답할 때마다 나에게 '대위님'이라는 호칭을 붙였기 때문에[29] 하사는 내 계급을[30] 제대로 알 수밖에 없었다.[31] 그러나 관례상 병사들은 자기 연대[32] 소속이 아닌 이상 사복 차림의 장교들에게는 경례를 안 해도 된다.[33]

나는 하사가 내 말을 듣고 있는 것을 느낄 수 있었다. 그는 섬세하고[34] 고요한 눈길로 우리를 올려다보았다가 나와 눈이 마주치면 곧바로 신문을 향해 시선을 내렸다. 나는 그가 나를 쳐다보기를 갈망하면서(왜 그랬을까?) 외알 안경을 꺼내 쓰고는 그가 있는 쪽을 일부러 피하면서 여기저기 둘러보았다. 시간이 지나 돌아갈 때가 되었다. 당번병과의 대화를 더는 이어갈 수 없었다. 나는 하사를 의식해서 당번병에게 짐짓 거만한 우정의 인사를 건넸고,[35] 이어 여전히 보초 경계석에 앉아 그 섬세하고 고요한 눈으로 우리를 올려다보는 하사를 향해 살짝 미소를 지어 보이며 모자를 건드리고[36] 고개를 조금 움직여 가벼운 인사를 건

---

28 [Var.] "또한": 〈게다가 또한〉
29 [Éb.] "대답할 때마다…… 때문에": 〈매번…… 대답했기 때문에〉
30 [Var.] "내 계급을": 〈내가 누구인지를〉〈나의 지위를〉
31 [Var.] "제대로 알 수밖에 없었다.": 〈모를 수 없었다.〉
32 [Éb.] "자기 연대": 〈같은 연대〉
33 [Éb.] "안 해도 된다.": 〈하지 않는다.〉
34 "섬세하고": 행간에 더해져 있다.
35 [Éb.] "거만한 우정의 인사를 건넸고": 〈꽤 거만하게 인사를 건넸고〉
36 [Éb.] "모자를 건드리고": 〈모자를 완전히 벗어들고〉

넸다. 그러자 하사가 벌떡 일어나 오른손을 군모의 챙 옆에 가져다댔고,[37] 하지만 군대식 경례와 달리 곧바로 내리지 않은 채로, 마치 그렇게 하지 않아야 규칙에 맞는다는 듯, 그러나 심한 동요와 함께, 나를 계속 바라보았다. 나는 말을[38] 출발시키면서 제대로 인사를 했고, 마치 오랜 친구에게 하듯 눈길과 미소로 무한히 다정한 이야기를 건넸다. 나는 우리의 영혼이기도 한 눈길, 모든 불가능이 사라진 그 신비의 왕국으로 우리를 데려가는 두 눈길의 신비한 마법에 취해 현실을 잊었고, 말이 제법 멀리까지 간 뒤에도[39] 여전히 모자를 벗고 고개를 돌린 채로 그가 시야에서 사라질 때까지 바라보았다. 그는 내내 경례 자세였고, 정말로 우정어린 눈길들이, 시간과 공간을 벗어난 듯한, 이미 서로를 신뢰하는 안정된 우정의 두 눈길이 마주쳤다.

나는 슬픔에 젖어 저녁을 먹었고, 꿈속에 하사의 얼굴이 갑자기 나타나서 내게 전율을 안긴 탓에 이틀 동안 정말로 고통스러웠다. 물론 나는 그를 다시 만나지 못했고 앞으로도 만날 일이 없다. 보다시피, 이제 나는 그의 얼굴도 제대로 기억하지 못하고, 나에게 그 일은 지금 여기, 저녁 빛에 황금색으로 물든 이 따뜻한 곳에서, 그 신비로움과 미완 상태로 인해 감미로우면서도 조금 슬프게 느껴질 뿐이다.

---

37 [Var.] "챙 옆에 가져다댔고": ⟨챙에 붙였고⟩
38 [Var.] "말을": ⟨내 말을⟩
39 "말이 제법 멀리까지 간 뒤에도": 행간에 더해져 있다.

자크 르펠드
(낯선 사람)

Jacques Lefelde
(L'Étranger)

이 이야기도 수수께끼가 풀리지 않은 채 미완으로 마무리된다. 자크 르펠드는 왜 매일 같은 장소를 찾아오는가? 그의 슬픔은 왜 어느 날 기쁨으로 바뀌는가? 답을 주기 전에 원고가 중단된다.

"지난 8월 말에 불로뉴숲을 지나"로 시작하는 불로뉴숲 호숫가에서의 몽상은 『스완네 집 쪽으로』의 마지막 부분을 예고하는 듯하다. 하지만 마치 루소[1]처럼 거룻배 바닥에 눕는 경험의 비밀은 끝내 드러나지 않는다. 자크 르펠드라는 이름을 택한 것은 현실에 없는 작가 이름이기 때문이다.

젊은 작가 자크 르펠드가 매일 불로뉴숲으로 수수께끼 같은 산책을 나가는 모습은 프루스트의 친구들이 묘사한 비슷한 장면들, 특히 혼자서 한참 동안 월계화 앞에 서 있던 프루스트를 묘사한 레날도 안의 「산책」을 떠올리게 한다.[2]

하지만 사랑의 아픔으로 매일 불로뉴숲의 같은 자리를 찾아오는 그 인물은 스탕달의 『사랑에 관하여』 29장에 나오는, 스탕달의 분신과도 같은 델팡트 백작을 닮았다(『사랑에 관하여』의 배경은 롬바르디아다). "카사레키오의 레노 폭포로 이어지는 길을 따라가다가 나는 그 길을 내려다보는 잠피에리공원의 월계수 덤불숲

1[*] 『고독한 산책자의 몽상』(1732) 중 「다섯번째 산책」에서 루소는 스위스의 비엔 호수 가운데 있는 섬에서 지내던 일, 특히 "거룻배 바닥에 누워 하늘을 쳐다보며 몇 시간이고 물결 흐르는 대로 떠다닌" 때를 이야기한다.

2 Reynaldo Hahn, "Promenade", *La NRF*, n° 112(Hommage à Marcel Proust), 1923. 1. 1, pp. 39~40.

에서 델팡트 백작을 보았다. 그는 깊은 몽상에 빠져 있었고, 나와 저녁 연회에서 자정을 넘겨 새벽 두시까지 함께 시간을 보낸 사이였음에도 내 인사에 답하는 둥 마는 둥 했다. 나는 폭포로 갔고, 레노강을 건넜고, 최소한 세 시간은 지난 뒤 잠피에리공원 덤불숲 아래쪽을 다시 지났다. 그런데 백작이 여전히 같은 자리에, 월계수 덤불숲 위로 솟아오른 커다란 소나무에 그대로 기대어 있었다."3 델팡트 백작은 응답받지 못한 사랑 생각에 몰두하는 중이었다. 1907년에 다니엘 알레비에게 보낸 편지에서 프루스트는 이 대목을 "스탕달이 『사랑에 관하여』에 담아낸 논증적인 이야기들"(『서간집』, 21권, p. 619)이라고 불렀다.

자크 르펠드는 『잃어버린 시간을 찾아서』에 다시 등장하는데, 그때는 이름이 없는 익명의 인물이다. 콩브레에서, 게르망트 쪽으로 비본강을 따라 산책하는 대목이다. "노를 내려놓아 배가 물길에 떠내려가게 해두고 머리를 아래쪽으로 해서 배 바닥에 누워 있는 사공을, 높이 느리게 흘러가는 하늘밖에 볼 수 없는 그의 얼굴에 가득한 행복과 평화의 예감을 얼마나 여러 번 보았는지, 나도 저렇게 자유롭게 살 수 있는 날이 온다면 그 뱃사공처럼 해보고 싶다는 생각을 얼마나 자주 했는지 모른다"(『잃어버린 시간을 찾아서』, 1권, p. 168].

---

3   Stendhal, *De l'amour*, Henri Martino éd., Paris: Armand Colin, 1959, pp. 111~112; éd. V. Del Litto, Folio classique, 1980, p. 98.

자크 르펠드가 아직[sic] 살고 있는 퐁데자르를 떠나 파시로 옮겨온 뒤로[1] 나는 그를 한 번도 만나지 못했다.[2] 지난 8월 말[3] 불로뉴숲을 지나 저녁 아홉시경에[4] 집으로 돌아가다가 나는 큰 호수 쪽으로 가고 있는[5] 자크 르펠드를 보았다. 그 역시 나를 봐 놓고도 곧바로 고개를 돌리더니 걸음을 재촉했다. 잠시 후 다시

1　[Var.] "퐁데자르를 떠나 파시로 옮겨온 뒤로": 〈파시에 살게 된 뒤로〉 〈더는 퐁데 자르 구역에 살지 않게 된 뒤로〉

2　[Var.] "만나지 못했다.": 〈보지 못했다.〉 이 뒤에 〈3년 전에. 어느 날 집으로 돌아 가다가〉가 더해져 있다.

3　[Var.] "8월 말": 〈7월 말〉

4　[Eb.] 이 자리에 〈오후가 끝나갈 무렵에〉라고 더해져 있다.

5　[Eb.] "가고 있는": 〈빨리 걷고 있는〉

그의 모습이 보였다. 자크 르펠드의 '시론'들[6]을 읽어본 여러분은 그의 심오한 정신과[7] 독창적인 상상력[8]을 이미 알고 있다. 하지만 그의 다정한 성격을 모른다면, 내가 왜 그가 나한테 뭔가 화난 일이 있을지 모른다는 생각을 즉시 떨치고 아마도 약속이 있어서 가리라고 짐작했는지 그 이유를 이해하기 어려울 것이다. 그뒤로 날씨가 계속 좋았고, 나는 내내 걸어서 귀가했다. 그리고 매일 자크 르펠드를 만났고, 그는 매일 나를 피했다. 마르그리트 여왕 길[9*]을 돌아서면, 다시 그의 모습이 보였다. 그는 천천히 이리저리 거닐었고, 누군가를 기다리듯 사방을 두리번거리다가 이따금 사랑에 빠진 사람처럼 하늘을 올려다보기도 했다. 나흘째 되는 날 나는 자크를 아는 사람과 푸아야[10]에서 점심식사를 했는데, 그의 말에 따르면 자크 르펠드는 무용수 지지와 헤어진 뒤에 자살을 시도했고, 그뒤로 여자를 만나기를 영원히 포기했다고 했다. 여러분은 내가 왜 미소를 지었는지 이해할 것이다. 그 이튿날부터는 자크 르펠드와 마주치지 않았다. 그러다 어느 날 아침에 『르 골루아』[11*]에 이런 소식이 실렸다. "우리의 저명

---

6   [Var.] "시론들": 〈심오하고 낯선 시론들〉
7   [Eb.] "그의 심오한 정신과": 〈그가 얼마나 드문 정신의 소유자인지와〉
8   [Var.] "상상력": 〈낯선 상상력〉
9*   불로뉴숲의 산책로 중 하나.
10   행간에 〈확정적이지 않음〉이라고 더해져 있다.
11* 19세기 말에 창간된 프랑스의 일간지로 문학과 정치를 주로 다루었다. 1929년 『르 피가로』에 합병되었다.

한 젊은 작가 자크 르펠드 씨[12]가 내일 브르타뉴 지방으로 떠나 몇 달간 머물 예정이다.[13]" 그날 나는 생라자르역 근처에서 르펠드와 마주쳤다. 이제 10월까지는 다시 볼 수 없다는 생각에 그를 잡아 세웠다. 그가 말했다. "죄송하지만 제가 오늘 저녁 아홉시에 떠나야 합니다. 그전에 불로뉴숲에 다녀오고 저녁을 먹어야 해서 급히 외곽 순환 열차를 타려 하는데……" 나는 놀라지 않고 그에게 말했다. "마차를 타는 편이 더 빠를 텐데요."—"그러고 싶지만 지금 가진 돈이 20수[14]*뿐이라서요."[15] 나는 조심스러웠지만 그냥 말했다. "제가 마차로 모셔다드리겠습니다. 어디든 내려드리죠."—"그렇다면, 좋습니다." 르펠드가 난처해하면서도 즐거운 목소리로 말했다. "하지만 그냥 호수 입구에 내려주시면 좋겠습니다. 혼자 있어야 해서요." 르펠드는 호수 입구에서 내렸고, 나는 마차를 몰았다. 하지만 내가 가는 길과 나란히 이어진 다른 길에서 그가 작별인사를 하러 온 여인을 보고 싶다는 유혹을 참을 수가 없었다. 그런데 시간이 가도 그 여인은 나타나지 않았다. 자크는 물 위로 고개를 숙인 채로 혼자 호숫가를 걸었고, 이따금 키 큰 나무를 향해 고개를 들었다가[sic][16]* 다시 물

---

12 "씨": 행간에 첨가되어 있다.
13 [Var.] "떠나 몇 달간 머물 예정이다.": 〈떠나, 이하 등등〉
14* 구체제하에 사용되던 화폐단위. 1940년대까지 5상팀짜리 동전을 1수, 5프랑짜리 동전을 100수라고 불렀다.
15 줄 가운데 〈열차는 삼십 분 뒤에야 올 텐데요〉라는 문장이 써 있다.

쪽으로 숙였다. 도중에 빨리 걷기도 하고 걸음을 늦추기도 하면서 삼십 분쯤 뒤에 제자리로 돌아온 르펠드는[17] 헛된 기다림에 실망한 연인의 모습이 아니라 오히려 고개를 뽐내듯이 높이 들고 빠르게 걸었다. 나는 이해할 수 없었다. 그 일이 자꾸 생각났지만, 그러다가 더는 떠올리지 않게 되었다. 그러던 중 작년에 ×××의 공사[추측임]로 임명된 친구 L.이 한 달 동안 파리에 와서 뤽상부르공원 근처의 호텔에 묵게 되었다. 나는 L.을 매일 찾아갔고, 어느 날 오후에 그를 보고 나오다가 오랜만에 자크 르펠드를 다시 만났다. 나와 마주쳐서 싫어하는 기색이 역력했다. 그는 서둘러 자리를 피했고, 나는 기분이 상해서 집으로 돌아왔다. 그리고 이튿날 같은 시각에 다시 그와 마주쳤다. 그는 피하려 했지만 내가 붙잡았다. 한참 전부터 올 듯 말 듯 하던 비가 꽤 거세게 쏟아지기 시작했고, 우리는 비를 피해 뤽상부르미술관으로 들어갔다.[18] "불로뉴숲까지 같이 갔던 그날 이후 처음 뵙는군요." 내가 말했다.[sic][19] "실례가 아니라면 불로뉴숲에서 뭘 하시려던 건지 여쭤봐도 되겠습니까?" 자크는 아주 수줍어했다.[20] 얼굴을

16* 원문에는 '고개'를 받는 대명사가 복수형으로 쓰여 있다: en les levant.

17 〈여전히 혼자인 채로〉라는 말이 행간에 더해져 있다.

18 [Eb.] 이 뒤에 문장들이 더해져 있다: 〈내가 말했다. 친절하게도 저를 불로뉴숲까지 데려다주신 그날 이후로 처음 뵙는군요. 감사드립니다. 덕분에 아주 즐거웠습니다. 여전히 가시는지.〉

19* 원문에는 "내가 말했다(lui dis-je)"가 문장 중간에 삽입되고 다시 반복되어 두 번 나온다.

살짝 붉혔다. 그러더니 부드럽게 미소 지으며 말했다. "제 모습이 바보 같아 보일 겁니다. 말씀드리자면, 불로뉴숲 호수의 섬에 있는 별장에서 두번째로 저녁식사를 할 때까지만 해도 전 무척 슬펐습니다. 그런데 그날, 그전에는 아무 느낌이 없던 그 호수가 얼마나 아름다워 보이던지 이튿날 다시 찾아가지 않을 수 없었습니다. 보름 동안 정말로 그 호수와 사랑에 빠졌죠. 그런데 다른 사람과 함께 있을 땐 호수를 봐도 아무 감흥이 없더군요. 어떤 길로 가야 아는 사람들을 안 만날지 알 수 없었죠. 저를 그곳까지 태워다주신 그날은 제가 떠나는 날이었습니다. 그리고[21] 전 떠나기 전에 호수를 꼭 한번 더 보고 싶었습니다. 무엇보다 파리를 떠나면서 지나간 한 해를 결산하고 싶었죠.[22] 한 해를 되새겨보고 이해하고 판단할 힘을 줄 수 있는 건 내가 반해버린 더없이 아름다운 그 호숫가에서 음미하는 우수어린 열광뿐이었거든요. 그날 저녁 그 호수에서는 너무도 슬픈 하늘이 백조들,[23] 그리고 풀밭[24]과 물가에 핀 꽃들 사이의 흙에서 떨어져나와 내 마음을 싣고 지나가는,[25] 석양이 깔린 직후에는 더 강렬하고 더 격렬하게[26] 실재적이 되는 거룻배들 사이로 내려앉았지요. 그때 내

---

20 "자크는 아주 수줍어했다.": 행간에 더해져 있다.

21 [Eb.] 이 뒤에 〈마지막 날이었지요〉가 더해져 있다.

22 [Eb.] 이 뒤에 〈그러기에 이보다 더 좋은 곳이 어덨겠습니까〉가 더해져 있다.

23 [Eb.] "백조들": 〈백조들, 그리고 잠든 안개〉

24 [Var.] "풀밭": 〈잔디〉

25 [Var.] "지나가는": 〈미끄러지는〉

마음은 마치 다른 사공에게 노를 맡기고 거룻배 바닥에 누워 있는 뱃사공[27]처럼 속도의 쾌감과 휴식의 쾌감을 동시에[28] 느끼면서, 마법의 물만큼이나 감미롭고 영광스러운 물 위를, 밤의 어둠[29]으로 이미 서늘해지고 아직은 빛으로 반들거리는 그 표면 위를 민첩하게 미끄러져다녔습니다.[30] 물 위로 떠다니는 공기는 더없이 온화했죠. 우리의 마음은 어찌 보면 공기 같지 않을까요? 앞에 아무리 광대한[31] 공간이 열려도 마음은 그것을 다 채울 수 있습니다. 지나치게 가까이 다가온 상대나 이해관계나 장벽의 압박 때문에 고통스러운 정신이라도, 즐겁고 당당하고 자유롭게 무한한 전망[32] 속으로 펼쳐지고, 물과 세월의 흐름을 거슬러, 아찔하고 우수에 젖은 속도로 힘들이지 않고 올라가죠."

"제가 한번 더 모셔다드려도 되겠습니까?" 내가 말했다. "저는

[중단됨]

---

26 [Var.] "격렬하게": 〈낯설게〉
27 [Var.] "뱃사공": 〈뱃사람〉
28 "동시에": 행간에 더해져 있다.
29 [Var.] "밤의 어둠": 〈저녁 어둠〉
30 [Eb.] 이 뒤에 〈저를 늦지 않게 마차로 태워다 주셔서 아주 큰. 당신의 마음은 정말로. 당신의 마음은 마치〉가 더해져 있다.
31 [Var.] "광대한": 〈커다란〉
32 [Eb.] "전망": 〈공간〉

지하 세계에서

Aux Enfers

발표되지 못한 채 남아 있던 이 글은 죽은 자들 혹은 웅변가들(삼손, 켈뤼스,[1*] 프루스트와 동시대를 살았고 1892년 10월에 사망한 에르네스트 르낭[2*]) 사이에서 이어지는 동성애에 관한 대화다. 마치 학교 과제처럼, 그러나 학교 과제로는 다룰 수 없는 금지된 주제에 관해 모든 형식을 흉내내어 쓴 글 같다. 이에 비하면 『꽃핀 소녀들의 그늘에서』에서 지젤이 기말 과제를 위한 소논문으로 쓴, 지하 세계에서 소포클레스가 『아탈리』를 실패한 라신을 위로하기 위해 보내는 편지는 오히려 가벼워 보인다. 또한 박식한 세 남자가 달변으로 늘어놓는 말들은 훗날 『갇힌 여인』 중 베르뒤랭 저택에서 칠중주를 들은 뒤 같은 주제에 관해 벌어진 샤를뤼스와 브리쇼(이 글의 켈뤼스와 르낭이다)의 논쟁을 예고한다(『잃어버린 시간을 찾아서』, 3권, pp. 800~813). 나중에 『소돔과 고모라』의 제사로 쓰일 비니의 시구도 이 글에서 처음 강렬하게 모습을 드러낸다. 허구적 인물로 등장한 르낭이 **신적인 광기**라고 평한 시詩는 가톨릭 신학에서 구원을 가능하게 하는 원죄를 의미하는 **펠릭스 쿨파**[3*] 개념과 유사하다. 그리고 '지하 세계에서'라는 제목은 죽은 자들의 대화가 가능한 상황과 켈뤼스처럼 배척당하는 자들에

[1*] Quélus-Caylus. 16세기 앙리 3세의 궁에는 왕과 대귀족들의 총애를 받는 신하로 여성스러운 어린 남자들을 뜻하는 '미뇽들mignons'이 있었고, 대표적인 '앙리 3세의 미뇽'이었던 켈뤼스Caylus의 이름은 때로 그 철자가 'Quélus'로 기록되어 있다.

[2*] 19세기 철학자이자 역사가. 다위니즘에 기반을 둔 실증주의적 관점으로 전통 신앙을 비판했다.

[3*] 이 책 24쪽 옮긴이주 13*번 참조.

게 가해질 징벌을 겹쳐놓을 수 있게 해준다.[4*]

출간된 혹은 출간되지 않은 프루스트의 단편들 중에는 생의 마지막을 밝히는 빛 속에서 죄의식으로부터 벗어나는 임종의 순간에 동성애의 고백을 시도한 이야기들이 있다. 고대 그리스적인 저승 세계를 그리는 이 글은 한 걸음 더 나아간다. 저승에서는 겪어야 할 인간적 경험이 없는지라 생전에는 용인될 수 없던 한계까지 나아갈 수 있고, 멀리 떨어져 현실을 초월한 관점에서 자기 의견을 개진할 수 있기 때문이다.

프루스트의 젊은 시절과 관련된 상황도 몇 차례 등장한다. 켈뤼스Quélus라는 이름은 앙리 3세의 총애를 받던, 아버지 알렉상드르 뒤마가 쓴 『몽소로의 귀부인』[5] 중 뷔시[6*]와 총신들의 결투 장면에 등장하는 켈뤼스Caylus 백작을 떠올리게 한다(피에르 드 레투알[7*]까지 거슬러올라가보면 이 이름의 철자가 'Quélus'로 되어 있음을 알 수 있다). 프루스트는 1893년에 그 소설을 읽었고(『서간집』, 1권, p. 245. 『몽소로의 귀부인』을 연극으로 만든 작품을 개탄하는 대목이다), 1896년에 다시 읽었다(『서간집』, 2권, p. 106). 또한 이 글

4* 고대 그리스신화에서 죽은 자들을 위한 '지하 세계'에는 레테강 한편으로 축복 받은 혼령들이 영원히 살아가는 '엘뤼시온'이 있고, 반대편에는 벌받은 혼령들이 가는 타르타로스가 있다.

5 *Les Grands Romans d'Alexandre Dumas: La Reine Margot, La Dame de Monsoreau*, Paris: Robert Laffont, "Bouquins", 1992, pp. 1235~1236, 1257.

6* 앙리 3세와 불화를 겪던 동생 앙주 공작의 총신. 뛰어난 검술로 유명했다.

7* 앙리 3세와 4세 시절의 회고록 작가.

에서 삼손의 주장은 프루스트가 학창 시절에 콩도르세고등학교 친구들 앞에서 개진했다가 너무 집요하다는 말을 들었던 이론과 비슷하다. 그 친구들 중 하나인 다니엘 알레비에게 프루스트는 이렇게 말했다. "대단히 똑똑하고 도덕적으로 더없이 예리한, 내가 자랑스러워하는 친구들이 있는데, 그들이 이전에 어느 친구와 즐겼지…… 젊음이 시작될 때였네. 그런 뒤에는 여자들에게로 돌아갔고…… 섬세한 지혜를 지닌, 사는 동안 꽃 말고는 그 무엇도 따서 모아본 적 없는 두 거장 소크라테스와 몽테뉴 얘기를 해보겠네. 젊은이들은 '즐겨도' 된다고, 모든 쾌락을 조금은 겪어봐도 되고 넘치는 애정이 분출되도록 내버려둬도 된다고, 바로 그들이 말했지. 젊을 때, 아름다움과 '관능적 감각'을 예리하게 느끼는 시기에는, 감각적이면서 동시에 지적인 그런 우정이 차라리 어리석고 타락한 여자들과의 관계보다 가치 있다는 게 그들의 생각이었다네"〔『서간집』, 1권, p. 124〕.

프루스트의 가정환경도 이 글에 그림자를 드리운다. 켈리스가 의학적 사례로 선택한 단백뇨는 프루스트의 외가 사람들이 많이 앓던 질병이었다. 그리고 프루스트가 이 글에 시인들의 광기에 관한 의사들의 생각을 쓴 것은 아버지 아드리앵 프루스트가 1879년 『신경쇠약증 환자의 위생』을 출간하기 직전이었다. 나중에 『게르망트 쪽』에서 의사 불봉은 이 글에 담긴 첫 관점을 수정하면서 질병과 천재성의 관계에 대해 길게 이야기한다〔『잃어버린 시간을 찾아서』, 2권, pp. 600~601〕.

하지만 프루스트는 광기에 빠진 시인들이 사물들에 대한 우리의 관점을 바꾸어놓을 수 있다고 강조한다. 이 글에는 훗날 『게르망트 쪽』에서 "새로운 작가"[8*][같은 책, 2권, pp. 622~623]로 불릴 작가 지로두가 이름은 언급되지 않은 채로 처음 등장한다. 또한 이 글에 언급된 "현대적인 여자"는 『잃어버린 시간을 찾아서』의 주인공이 길에서 마주치는 르누아르 그림 속 여인, 혹은 베네치아에서 카르파초의 그림에서 모티브를 얻은 포르투니[9*]의 망토를 어깨에 걸친 알베르틴 같은 파리 여인이 될 것이다[같은 책, 4권, pp. 225~226].

아직은 풋내기 작가이던 프루스트는 웅변적이고 익살스러운 「지하 세계에서」의 대화 속에 앞으로 소설적 문맥에 따라 여러 방향으로 발전하게 될 풍성한 자산을 쌓아두었다.

8* 『게르망트 쪽』에서 화자가 이폴리트 장 지로두(Jean Giraudoux, 1882~1944)의 문장을 인용하면서 사물을 다르게 보는 방식에 관한 책을 발표하기 시작한 그를 가리켜 쓴 표현이다.
9* 베네치아에서 활동한 스페인의 화가이자 패션디자이너. 『잃어버린 시간을 찾아서』에 카르파초로 대표되는 르네상스 시대 이탈리아 화가들의 그림에서 영감을 받은 포르투니(Mariano Fortuny y Madrazo, 1871~1954)의 의상 이야기가 나온다.

켈뤼스가 지나간다. 삼손이 지나가는 유령 둘을 멈춰 세우고 켈뤼스를 가리킨다. 저 사람한테 날 인사시켜줄 수 있겠소? 한 유령: 누가 인사를 받아야 하지? 다른 유령: 켈뤼스지, 지위가 높잖아. 삼손: 아니, 내가 받아야지. 내가 나이가 더 많으니까. 첫 번째 유령: 켈뤼스를 불러와. 우선 이쪽은 켈뤼스 백작님. 그리고 이쪽은 삼손 씨. 켈뤼스: 지상에 사는 동안 말씀 많이 들었습니다. 삼손: 난 시간의 질서 때문에 그럴 수 없었습니다. 나도 미리 들을 수 있었다면 포로로 잡혀 있는 동안 분명 당신에 관해 알려지지 않은 자료들을 찾아 모았을 겁니다. 난 당신에게 관심이 아주 많거든요. 이미 당신한테 한 말도 있잖습니까. 무슨 말이냐고요? 여인은 고모라를 가지고 남자는 소돔을 가지리니. 그리고 멀리서 분노의 눈길을 던지며, 두 성性은 각기 자기 자리에 서 죽어가리니. 켈뤼스는 사교계 남자답게 우아하게 상체를 숙이며 가볍게 동의를 표한다.[1] 삼손: 당신이 옳았습니다.[2] 누구든지, 나 역시, 당신처럼 했다면 데릴라가 더 고분고분했겠지요. 내가 남자아이들의 그런 유희를 지지하는 건 여자들의 환심을 사려거나 그 매력에 간접적으로 경의를 바치기 위해서가 아닙니다.[3] 인간이기보다는 동물에 가까운, 암고양이의 기이한 대용품 같은, 독사와 장미 사이에 놓인 이상한 존재, 우리의 사고를 타락시키고 우리의 우정과 우리의 경배와 헌신에 독을 풀어넣는 여자를 멀리 추방해버린 남자 이야기죠. 당신이나 당신 같은 사람들[4] 덕분에, 이제 사랑은 더이상 우리를 친구들로부터 격리하는 질병이 아니고, 친구들과 철학을 논하지 못하게 만드는 질병도 아닙니다. 오히려 우정을 풍요롭게[5] 꽃피우고, 우리의 다정한 신의와 남자다운 감정의 토로를 흔쾌히 완성할 수 있지요. 말하자면 그리스인들의 변증법적 대화술과 카에스투스[6*]처럼 장려할 만한 유희입니다. 남자를 형제들과 이어주는 끈을 느슨하게 만

---

1 [Var.] "가볍게 동의를 표한다.": 〈가볍게 인사한다.〉
2 [Var.] "옳았습니다.": 〈옳습니다.〉
3 [Var.] "바치기 위해서가 아닙니다.": 〈바치려는 것과 다릅니다.〉
4 "이나 당신 같은 사람": 행간에 더해져 있다.
5 "풍요롭게": 행간에 더해져 있다.
6* 고대 올림픽의 격투기 종목에서 손목 부위를 중심으로 가죽끈을 감아 만든 글러브.

드는 게 아니라 오히려 강하게 해주니까요. 게다가 지금 당신을 보고 있자니 기쁨이 더 깊어지는군요. 여자들에 대한 내 원한을 털어놓을 만한 훌륭한 상대를 만났으니까요. 여자에 대해 우리가 가진 원한을 하나로 합쳐보고, 같이 여자를 저주해봅시다. 여자를 저주한다는 건, 안타깝기는 하지만 그만큼이나 감미로운 일이지요. 저주하는 게 어떻게 보면 환기하는 일이기도 하고, 조금은 함께 사는 일이니까요. ─ 저도 당신과 같은 생각이면 좋겠지만, 그럴 수가 없군요. 전 지금껏 여자 때문에 마음이 흔들린 적이 없었고, 그래서 당신이 그렇게 분노하면서도 여전히 고통스럽고 떨림이 느껴지는 끈으로 여자에게 막연하게 매여 있는 게 이해되지 않습니다 ─ 당신의 마음속에 여자들이 불러일으키는 분노도 마찬가지고요. 나는 여자들의 마법[7]에 대해 당신과 이야기를 나눌 수 없고, 당신과 함께 여자를 증오하지도 못합니다. 나는 오히려 남자들에게 조금 원한이 있고, 반대로 여자들은 늘 높이 평가했지요. 여자들에 대한 글을 써서 사람들한테 감각적이라는 말을 듣기도 했습니다. 적어도 진심에서 나온, 직접 겪은 일을 쓴 글이었죠. 여자들 중에 확실히 믿을 만한 친구들을 꼽을 수도 있습니다. 그들의 매력과 연약함과 아름다움과 재치에 취한 적도 여러 번이고요. 관능과는 아무런 관련이 없이 강렬한, 더 지속적이고 더 순수한 기쁨이었습니다. 연인들의 배신으

---

7   [Var.] "마법": 〈매혹〉

로 괴로울 때면 나는 여인들을 찾아가 위안을 얻곤 했습니다. 그들의 완벽한 가슴에 기댄 채[8] 욕망 없이 한참 동안 눈물 흘리는 일은 제법 감미로웠죠. 나에게 여인들은 성모마리아인 동시에 유모였답니다. 나는 여인들을 흠모하고, 여인들은 나를 부드럽게 달래줍니다. 내가 달라고 요구하지 않으니, 그럴수록 여인들은 더 많이 줍니다. 지금까지 여자들의 마음을 얻으려 여러 번 다가가보았지만, 욕망의 돌풍이 나의 예지를 망쳐버린 적은 한 번도 없었습니다. 내가 준 것에 대한 대가로 여인들은 맛있는 차와 아름다운 대화를, 사심 없고 우아한 우정을 주었죠. 어떤 여자들은 잔인하고 조금은 어리석은 유희로 나에게 몸을 내주어 내게서 여자들한테는 그 어떤 흥미도 느끼지 못한다는 고백을 끌어내려고도 했지만, 그래도 난 별로 탓하고 싶지 않습니다. 설령 응당 지녀야 할 자부심이 없다 해도, 가장 기본적인 애교, 더없이 진실된 숭배자 앞에서 자신의 매력을 망칠지 모른다는 두려움, 약간의 선함과 관대한 마음만으로도 훌륭한 여자들은 그런 태도를 보이지 않는답니다.[9]

르낭 씨가 지나간다. 어쭙잖은 말뿐인 분께선 좀 조용히 합시

---

8 [Var.] "가슴에 기댄 채": 〈가슴 곁에서〉
9 [Var.] 이 뒤에 줄을 쳐서 없앤 문단이 있다. 〈한 철학자가 지나간다. 조용히 하시오, 켈뤼스. 언제나 그런 것도 아니면서 여자에게 초연한 것처럼 말하지 맙시다. 당신은 지금 판관 앞에 출두하기 직전이니 차라리 참회하는 게 좋을 겁니다. 그렇고말고요.〉

다. 사실[10] 난 당신의 연설을 듣는 사람들이 어떻게 그 안에 당신[생각]이 개략적으로 요약되어 있다고[11] 믿을 수 있는지, 오히려[12] 그 안에 담긴 이론가의 오만한 인위적 기교를 왜 보지 못하는지 도무지 모르겠습니다. 기껏해야 당신은 여자에 대한 사랑을 숨길 뿐인데요. 초대받아 와서 식탁에 올라온 가장 훌륭한 과일을 무시하는 척하는 손님과 뭐가 다릅니까. 사실은 연회에 오기 전에 이미 먹었으면서 말입니다. 당신을 힐책하려는[13] 말은 결코 아닙니다. 적어도 철학적으로 힐책하려는 건 아님을 믿어주시고, 내 비판이 지나치게 절대적인 도덕에 근거한 돌이킬 수 없는 판결이라고는 생각하지 말아주십시오. 속 좁은 사람 취급을 당할 작정이라면 모를까,[14] 어떻게 우리가 소크라테스가 미소 띤 얼굴로 말한 유희를 이해하지 못할 수 있겠습니까. 너무나도 사랑한 정의를 위해 죽음을 택함으로써 세상에 정의가 태어날 수 있게 해준 그 대가는 제일 친한 친구들과 함께 있는 자리에서 이제 구시대의 것이 되어버린 것들을 불쾌함 없이 받아들이셨잖습니까. 또한 공간적 거리가 시간적 거리와 다르지 않다고 친다면, 동방 세계는 오늘날에도 그런 기이한 불길이 다 꺼지지

---

10 "사실": 행간에 더해져 있다.
11 [Var.] "생각이 개략적으로 요약되어 있다고": 〈생각에 정확히 충실하다고〉
12 "오히려": 행간에 더해져 있다.
13 [Var.] "힐책하려는": 〈비판하려는〉
14 [Var.] "취급을 당할 작정이라면 모를까": "취급을 당할 정도로 서툴지 않고서야"

않은 채 남아 있는[15] 아궁이잖습니까. 지극히 여러 가지 관점에서 아주 흥미로운 일이지요. 적어도 고대인들이 생각하던 바대로 보자면, 사랑은 분명 질병이었습니다. 그런데 어떻게 그런 관습을 악덕으로 간주할 수 있겠습니까. 예를 들어 단백뇨를 앓는 사람 중 일부의 소변에서 당분 대신 염분이 나온다고 해서 그가 부도덕한 성격을 지녔다고 할 수는 없지 않습니까. 하지만, 이런 이유들에도 불구하고, 나는 당신의 죄를 사해줄 생각이 없습니다. 당신은 두 번 미숙했습니다. 인생이란 능숙함을 겨루는 경기라고 생각하는 나 같은 사람에게 그것은 돌이킬 수 없는 죄입니다. 어떤 관점으로 바라보든, 자신이 사는 시대의 흐름을 거슬러가며 쾌락을 얻는 것은 바람직하지 않습니다. 입천장의 구조가 남들과 똑같은 사람이 그런데도[16] 배설물을 삼키면서[17] 진미라고 느낀다면, 그 사람은 적어도 제대로 된 사회에서는 좋은 평가를 받을 수 없습니다. 그 무엇으로도 누를 수 없는 육체적 반감들이 있고, 그런 반감들에는 치욕스러운 불명예의 꼬리표가 붙죠. 우리가 누군가를 혐오하면서 동시에 존중할 수는 없지 않습니까. 물론 혐오감이 근본적으로 상대적인 게 아니라고는 감히 단언할 수 없겠지요.[18] 어째서 당신은 자신에게 주어지는 가

---

15 [Var.] "꺼지지 않은 채 남아 있는": 〈꺼지지 않은〉
16 "그런데도": 행간에 더해져 있다.
17 [Var.] "삼키면서": 〈음식으로 먹으면서〉

장 감미로운 향기를 외면한 채 하수구에 앞에 쭈그려 앉아 꽃밭의 향기를 맡는다고 믿는 걸까요? 그런 자세가 절대에 근거한다 치면, 그것은 더도 덜도 아닌, 정원을 좋아하고 향기를 좋아하는 사람들의 자세를 밑받침하는 절대성 정도일 겁니다.[19] — 오직 후각신경의 분포에 따른, 사람들의 눈길을 끄는 이상한 자세죠. 하물며 당신의 미숙함은[20] 인식의 보다 넓은 범위, 보다 섬세한 등급에 해당되기에 더 심각합니다. 이미 말했듯이, 사랑은 질병입니다. 뇌의 흥분이나 광기 역시 그렇습니다. 물론 시詩가 세상에 등장하면서 광기의 수위를 기이하게 높여버린 것은 맞습니다. 시인들은 거의 모두 미쳤지만 그렇다고 시인을 비난하는 사람은 없지 않나요? 의사들은 시인이 미쳤다고 말하죠. 시인들이 과대평가된 건 분명합니다. 내 시인 친구들 중에는 더없이 기품 있고 소중한 사람들이 있습니다. 게다가 그들은 우리 자신의 죽음을 보여줌으로써 우리 지식의 범위를 넓히고 성찰의 관점을 다른 곳으로 옮겨놓지요(강한 접미사[21]). 그래서 시인들이 병자이고 미친 사람들이라는 의사들의 말은 상당히 일리가 있습니다. 그렇다 칩시다. 하지만 그것은 다행스러운 병이고, 신비주의자

---

18 이 뒤에 줄을 그어 삭제한 문장이 있다. 〈가장 감미로운 열매는 당신의 손이 닿는 곳에 있습니다. 그것을 외면하는 건 신중하지 못한 처사입니다.〉
19 [Var.] 이 뒤에 〈이상한 자세입니다. 설령〉이라고 더해져 있다.
20 [Var.] "미숙함은": 〈과오는〉
21 "강한 접미사": 글씨를 확실히 읽을 수 없음.

들이 말하듯이 신적인 광기입니다. 이 땅에 여자, 특히 현대적인 여자가 등장한 일 역시 실용성의 무대를 고귀하게 만들어주었습니다. 그러느라 사랑이 초기에 이 땅에서 이루어야 했던 지평은 많이 잃었지만요. 위로와 열정의 동의어인 부유한 여인과 함께 사랑은 진정 숭고한 질병이 되었으니, 켈뤼스여, 당신은 거기서 가장 중요한 요인을 제거하면서 깎아내릴 수밖에 없는 겁니다. 사랑에서 가장 중요한 건 성별입니다. 도시의 노동자가 전원에서 휴가를 즐기고 평화로운 날을 누리며 느끼는 것과 유사하게 우리가 우리와 너무도 다른 존재를 사랑하면서 원기가 회복되는 느낌을 누리는 게 여자가 아니면 누구 덕이란 말입니까. 마지막으로, 우리를 감화시키는 낭만주의 시들이 여성에게 더 큰역할을 부여함으로써 심미안을 지닌 사람들에게 정신이상을 퍼뜨렸듯이, 18세기 이래 여성이 완벽한 신적 존재가 되고 가장 세련된 사람들이 숭배하는 우아함을 얻게 되면서, 이제 당신의 과오는 이단이 된 것 같습니다. 오늘날 그것은 더는 경쟁을 걱정할 필요 없는 예술품, 사치품이 되었지요. 당신은 여자들에게서 기쁨을 맛보면서[22] 관능은 다른 곳에서 충족시킨다고 주장합니다. 왜 그렇게 쓸모없는 미숙함으로 인생을 복잡하게 만드는 겁니까? 우리의 감각적 쾌락은 여자들만이 우리의 상상력에 부여해줄 수 있는 것들로 풍요로워지고 정제될 수 있습니다. 게다가 당

---

22 [Var.] "맛보면서": 〈취하면서〉

신 말대로 두 가지를 나누는 게 가능할까요? 우리가 한 여인을 그 정도로 찬미한다면 무엇이 우리로 하여금 그 여인을 포옹하지 못하게 만들겠습니까. 난 여기 이 포옹하다라는 동사 외에도, 아마도 이미 충분히 펼친 철학자로서의 말과 충돌할 수도 있겠지만 다른 동사들을 추가하고 싶군요.

베토벤 8번
교향곡 이후

*Après la 8ᵉ symphonie
de Beethoven*

두 쪽 분량의 이 글은 수수께끼 놀이로 이루어진다. 사랑의 독백을 읽는 것 같다가, 마지막 문장에서 전체의 의미가 바뀐다. 이미 프루스트는 나중에 뱅퇴유의 음악을 묘사할 때 효과적인 바탕으로 사용될 쇼펜하우어의 이론을 접했을 것이다. 쇼펜하우어에 따르면, 어떤 곡을 듣는 사람은 예외적인 방식으로 음악을 통해 의지의 목소리를 마주하고, 자신의 환상이 제공하는 표상들을 그 의지의 목소리에 적용한다. 그렇게 멜로디와 이미지를, 그 둘이 이어져야 하는 근거가 없이도 본능적으로 연결한다. 이 글에는 현상 속에 있는 포착할 수 없는 본질, 질료를 벗어나는 형상(아리스토텔레스), 유한으로 귀결되는 무한(셸링) 같은 철학적인 기반이 조심스럽게 드러난다. 그리고 그러한 생각은 "내 나라는 이 세상에 속한 것이 아니다"라는 예수의 말에 대한 암시가 만들어내는 신비적 후광으로 둘러싸인다. 『쾌락과 나날』 속 제사들에서도 볼 수 있는 세기말적인 후광이다.

이 글에 사용된 '억누르다refouler'라는 동사를 정신분석이라면 프루스트의 천식과 관련지어 우리가 들이쉬는 공기, 공간을 채우거나 한계와 벽에 부딪치는 공기의 이미지로, 서로 주고받는 혹은 소통하지 못하는 욕망의 맥락으로 해석할 것이다. 성서와 관련된 또다른 암시, 즉 "선의를 지닌 인간들"에게 주어진 천사의 약속은 훗날 『사라진 알베르틴』에 다시 나타난다. 베네치아에 간 주인공이 산마르코 종탑의 천사를 우수에 젖어 바라보면서 자신에게는 아직 이루어지지 않은 약속을 생각하는 장면이다(『잃어버린 시간을 찾아서』, 4권, p. 202). 또한 스완 앞에서 뱅퇴유의 소나타가 펼치는 현란한 선율은 사랑 속에 있는 본질, 삶을 넘어서 있는 포착할 수 없는 본질을 구현한다. 이 글에서는 음악을 듣고 난 뒤 덧없이 짧은 아름다움 앞에서의 매혹이라는 현상에 대해 명상에 빠지지만, 훗날 샤를뤼스 남작은 바이올리니스트 샤를 모렐에게 샤르멜1*이라는 새 이름을 주고 싶어한다. 이 글에서 음악의 왕국을 세우는 **환상**은 훗날 『잃어버린 시간을 찾아서』의 주인공의 진화 과정에서 첫 단계가 될 **믿음의 시기**2*의 효시라 할 수 있다.

1* 『소돔과 고모라』에서 샤를 모렐에게 반한 샤를뤼스 남작은 그에게 새 이름을 지어주고 싶어하고, 그들이 만나는 소유지의 이름 '샤름'을 은밀하게 암시하는 '샤르멜'이라는 이름을 쓰라고 권한다.

2* 『스완네 집 쪽으로』에서 뱅퇴유 양이 아버지의 죽음 이후 사진에 침을 뱉는 대목에 나온 "사실이란 우리의 믿음이 존재하는 세계로는 들어오지 못한다"라는 유명한 구절에서처럼, '믿음의 시기'라는 표현은 '사실'과 대립되는 의미로 사용된다.

때로 우리는 한 여자의 아름다움, 한 남자의 친절함 혹은 독특함,[1] 상황의 관대함이[2] 우리에게 은총을 약속한다[3]는 말을 듣는다.[4] 하지만 우리의 정신은 그 감미로운 약속을 건넨 존재가

---

1   "혹은 독특함": 행간에 더해져 있다.

2   [Ms.] "상황의 관대함이": 이 뒤에 〈본능적인 목소리로 속삭인다〉를 줄 그어 취소했다.

3   [Var.] "약속한다": 〈약속을 속삭인다〉

4   시작 부분은 초안이 여러 가지다. 〈때로 한 여자의 아름다움의 광채에서, 한 남자의 친절함이 우리에게 열어주는 전망에서, 혹은〉 〈때로 아름다운 한 여자가 내뿜는 불길 가운데서, 미래에서〉 〈우리는 이따금 우리 중에 있는 여자의 나지막한 목소리를, 희미하지만 존재하는, 꿈속에서 들은 게 아닌가 종종 의심이 들 정도로 애매한 목소리를 듣는다. 때로 한 여자의 아름다움, 한 남자의 친절함 혹은 독특함, 상황의 위력이, 우리에게 오해라고 여겨지는 말 같은 것을 넌지시 말한다[속삭인다].〉

결코 그 약속을 지킬 수 있는 상태에 있지 않음을 느끼고, 이내 자신을 억누르는 벽에 맞서 초조하게 싸우게 된다. 우리의 정신처럼[5] 늘 더 넓은 공간을 채우려 하다가 좀더 넓은 영역이 열리기만 하면 곧바로 달려든 뒤 다시 압축되는 공기와 같다.[6] 어느 날 저녁에 나는 당신의 눈에, 당신의 걸음걸이에, 당신의 목소리에 속았다.[7] 하지만 지금은 그것이 어디까지 갈지 정확히 안다. 그 끝이 얼마나 가까이 있는지, 당신의 두 눈이 허공에서 반짝이는 순간, 밝은 상태로는 오래 유지할[8] 수 없는 빛이기에 아주 잠시 반짝이면서 아무 말도 하지 않는 순간이 언제 올지도 알고 있다. 또한, 시인이여, 당신이 나에게 베푸는 친절이 어디까지 가며 또 어디에서 오는지 나는 안다. 당신의 독창성의 법칙, 일단 찾아내기만 하면[9] 놀라움 속에서 규칙을 예측하게 해주고 무한해 보이는 그 놀라움을 모두 알게 해주는 법칙도 알고 있다. 당신이 줄 수 있는 은총은 거기까지다. 그것은 내 욕망과 함께 늘 어날 수 없고, 내 공상에 따라[10] 변할 수 없고, 내 존재와 하나가 될 수 없고, 내 마음에 복종할[11] 수 없고, 내 정신을 인도할 수

---

5   [Var.] "정신처럼": 〈정신과 마찬가지로〉
6   [Ms.] " 더 넓은 영역이…… 다시 압축되는 공기와 같다.": 〈공기가 들어 있는 공간이 커지면 공기는 달려들어 그 공간을 온전히 차지한다.〉
7   [Ms.] 이 뒤에 〈그것들이 나를 차지했다〉가 더해져 있다.
8   [Var.] "오래 유지할": 〈오래 둘〉
9   [Var.] "찾아내기만 하면": 〈알고 나면〉
10 [Var.] "공상에 따라": 〈공상과 함께〉 〈공상으로〉
11 [Var.] "복종할": 〈지시할〉

없다. 나는 그것을 만질 수 있지만 움직이게 할 수는 없다. 그것은 길가에 서 있는 경계석이다. 간신히 그곳에 이르자마자 나는 어느새 더 멀리 가 있다. 하지만 신의 뜻으로 은총의 약속이 이루어지는 지상의 왕국[12]이 있다. 그곳에서는 은총이 내려와 우리의 꿈과 함께 놀고, 우리의 꿈을 들어올리고, 우리의 꿈에 자신의 형태를 빌려주고, 자신의 기쁨을, 계속 바뀌지만 그래도 포착할 수 없지는 않은, 우리가 소유함으로써 더 커지고 다양해지는 기쁨을 준다. 그 나라에서 우리 욕망의 눈길은[13] 곧바로 아름다움의 미소를 얻고, 우리 마음속에서 애정으로 변하는 그 미소를[14] 우리는 무한히 돌려받는다. 그 나라에서 우리는 움직이지 않은 채 속도의 현기증을 느끼고, 기운이 소진될 때까지 싸워도 피로하지[15] 않으며, 아무 위험 없이 미끄러지고[16] 솟아오르고 날아오른다. 그곳에서는 매 순간 힘이 의지에 부응하고 관능이 욕망에 부응한다. 매 순간 모든 사물이 우리의 공상으로 달려와 가득 채워도 싫증나지 않는다. 한 가지 매력을 느끼기 무섭게 다른 수많은 매력이 와서 결합하고, 그 매력들은 서로 다르지만 공모하며, 우리의 영혼 안에서,[sic] 매 순간 더 좁아지고 더

---

12 [Var.] "왕국": 〈세계〉
13 [Var.] "우리 욕망의 눈길은": 〈우리가 미소 지으며 보내는, 그리고 우리에게 돌아오는 눈길〉
14 [Ms.] "애정으로 변하고": 〈애정으로 변하고, 이어 몸짓이 되는〉
15 [Var.] "피로하지": 〈위험하지〉
16 [Ms.] "미끄러지고": 〈미끄러지고 헤엄치고〉

넓어지고 더 부드러워지는 망網을 이룬다. 그 나라는 바로 음악의 왕국이다.

—

이 비유에 이어지는 내용이 다른 종이 두 장에 더 적혀 있다. 음악에 관한 쇼펜하우어의 이론 가운데 영혼들의 소통 불가능성에 대한 보상과 관련된 내용이다.

—

때로 한 여자 혹은 남자를 통해, 마치 어두운 창문이 희미하게 밝아올 때처럼 은총과 용기와 헌신과 희망과 슬픔을 엿보게 된다. 하지만 인간의 삶이 너무 복잡하고 너무 심각하며, 그 자체로 너무 가득 차 있고 너무 많은 게 실려 있기에,[17] 또한 인간의 몸은 수많은 표현이 가능하고 그 위에 적힌 보편적 역사를 지니고 있기에, 우리는 너무 많은 것을 생각해야 하고, 결국 우리에게는 그 어떤 여자도 소용없다. 군더더기 없는 은총, 걸림돌 없는 용기, 남김 없는 헌신, 한계 없는 희망, 다른 것과 섞이지 않은 슬픔.[18] 우리 눈에 보이지 않는 이러한 현실들, 즉 우리 삶의

---

17 "너무 심각하며…… 너무 많은 게 실려 있기에": 행간에 더해져 있다.

꿈을 관조하며 누리려면,[19] 여자들과 남자들 앞에서 그저 예감에 전율하기만 하지 않으려면, 순수한 영혼들, 보이지 않는 정신들, 천재들이 필요하다.[20] 날개의 물질성 없이 빠르게 날 수 있는 그들이 우리에게 그 한숨과 도약과 우아함을 하나의[21] 몸에 육화되지 않은 상태로 보여주어야 한다. 우리의 몸 역시 그것을 누려야 하니, 정신의 유희가 육화되긴 하되[22] 크기도 색채도 없는 섬세한 몸, 우리에게서 아주 멀고 동시에 아주 가까운 몸이어야, 우리 자신[23]의 제일 깊숙한 곳에서 온도 없는 상쾌한 감각을, 눈에 보이지 않는 색깔을 우리에게[24] 주는, 자리를 차지하지 않으면서 존재하는 몸이어야 한다. 그 몸은 또한 삶의 모든 조건을 벗어나 찰나처럼 빠르고 정확해야 하고, 어떤 것에도 그 약동이 느려져서는 안 되며, 그 한숨이 무거워져서도 그 호소가 억눌려서도 안 된다. 정확하고 감미롭고 섬세한 그 몸속에서 우리는 순수한 본질의 유희를 볼 수 있다. 소리의 옷을 입은 영혼, 혹은 소

---

18 [Eb.] 이 뒤에 〈우리가 그 예감으로 전율하는 것 이상을 얻기 위해서는 우리에게는 (뒤를 볼 것)〉이라고 더해져 있다.

19 [Var.] "관조하며 누리려면": 〈관조해보려면〉

20 [Eb.] "순수한 영혼들…… 천재들이 필요하다.": 〈우리에게는 순수한 영혼들, 보이지 않는 정신들, 천재들이 있어야 한다.〉

21 [Var.] "하나의": 〈그것들의〉

22 [Eb.] 이 뒤에 〈그런데 우리의 육체 역시 이 축제를 누릴 수 있으려면, 더 열광적으로 취하게 만드는 축제여야 한다〉라고 더해져 있다. / 행간에 〈축제가 더 아름다울 것이다〉라고 더해져 있다.

23 "자신": 행간에 더해져 있다.

24 "우리에게": 행간에 더해져 있다.

리를 지나가는 영혼의 이동. 그것이 음악이다.

그녀를
사랑한다는
자각

*La conscience
de l'aimer*

「그녀를 사랑한다는 자각」은 두 쪽 분량의 글로, 줄을 그어 지운 흔적이 아주 많다. 이 이야기는 프루스트가 알고 있던 에드거 포의 『까마귀』를〔『서간집』, 10권, p. 91〕 뒤집어 보여주는 거울과도 같다. 『까마귀』에서 고독으로 괴로워하는 한 젊은 남자의 방에 들어온 까마귀는 남자가 하소연할 때마다 "이젠 아니야 nevermore"라고 대답하면서 그를 절망으로 몰아간다. 이 글에서는 사랑의 고통이 보드라운 동물로 구현된다. 사랑을 거절당한 남자를 다른 이들의 눈에는 보이지 않는 동물이 늘 함께 다니며 위로해준다.

화자가 움츠리고 물러서 있는 것을 보면, 그러한 고독의 삶이 평생 동안 이어져왔음을 짐작할 수 있다. 그래서 그를 향한 위로는 느슨하고 슬프다. 그 점에서 이 짧은 글은 『쾌락과 나날』에 수록된 '삶의 종말' 이야기들과 함께 묶일 수 있다. 사교계 소설적인 인물로, 훗날의 스완처럼 하인이 들어오는 바람에 상념에서 깨어나 마차에 오르는 이 글의 주인공 역시 그렇다(이후 1909년에 프루스트는 사교계 소설 장르의 모델이 될 조르주 드 로리스의 『지네트 샤트네』를 읽게 된다).

실제로 여자에게 거절당했는지 아니면 거절당했다고 혼자 생각하고 있는지가 모호하고, 청설모[1*]의 비유적 정체 역시 마찬가

[1*] 원어는 다람쥐를 닮은 고양이, 혹은 고양이를 닮은 다람쥐를 뜻하는 'écureuil-chat'다.

지다(그 동물은 '그대'라고 지칭되기도 하고 그냥 '그것'으로만 불리기도 한다). 그 비밀스러운 친구가 고독한 주인공에게 위로를 주는지, 아니면 그저 절망으로서 늘 함께 다니는지도 모호하다. 또한 프루스트는 말과 분석 사이에서 망설인다. 문장을 고쳐서 다시 쓰는 과정에서 말과 분석은 서로 대치되기도 하고 중첩되기도 하며, 인물이 직접 하는 말들은 심리적 문제의 중심으로 들어가게 해준다. 그러한 특성은 나중에 『잃어버린 시간을 찾아서』의 대화들에서 되살아난다.

이 글에서 고독한 상념에 빠진 주인공을 깨우는 하인은 「스완의 사랑」 끝부분에서 스완의 꿈을 깨우는 시종이며, 『갇힌 여인』이 끝나고 『사라진 알베르틴』의 시작 부분에서 주인공에게 "알베르틴 양이 떠났어요"라고 알려주는 프랑수아즈다.

이 글에서 프루스트는 고백할 수 없는 사랑의 고통을 신비한 동물의 우화, 음악 세계의 우화에 투사한다. '그녀를 사랑한다는 자각'이라는 제목은 『잃어버린 시간을 찾아서』의 주인공이 발전해가는 과정, 그가 아무도 알지 못하는 마음속 근심을 품고서 세상을 돌아다니는 과정에서 자각의 **순간**이 행하는 역할을 준비한다.

절대로 절대로, 그녀가 나에게 한 이 말을, 그에 앞선[1] 기다림 동안의 끔찍한 침묵과 그뒤에 이어진 절망의 침묵이[2] 나로 하여금 처음으로 내 심장의 소리를 듣게 한 이 말을 나는 계속 되뇌었다. 언제까지나 언제까지나, 내 심장은 고집스레 이 말만 반복했다.[3] 그리고 지금, 이 두 후렴구가 서로에게 치명적인 상처를 안기며 악착같이 번갈아 나타나 깊은 상처의 바닥을 쉬지 않고 내

1　[Ms.] "앞선": 〈뒤이은〉이 줄로 그어져 있다.
2　[Var.] "침묵이": 〈침묵 속에서〉
3　[Ms.] 다른 원고에는 시작이 다르다. 〈나는 내가 그녀를 사랑하고 있고, 아마도 그녀는 나를 사랑하지 않으며 앞으로도 영원히 그럴 것이고, 어쩌면 나는 영원히 사랑받지 못할 확률이 크다는 사실을 처음으로 온전히 분명하게 깨달았다.〉 이 위에 줄을 그어 지워놓았다.

려치는 소리가 내 귀에 아주 가까이 그리고 아주 깊게 들렸다. 하인이 방에 들어와 내가 타고 갈 마차[4]가 기다리고 있다고, 저녁 만찬에 갈 시간이라고[5] 고하다가, 눈물로 축축해진[6] 내 셔츠의 가슴 장식을 보고 놀라 뒤로 물러섰다.[7] 나는 하인을 내보낸 뒤 옷을 갈아입고 나갈 준비를 했다.[8] 그런데 곧 방안에 나 혼자만 있는 게 아님을 알아차렸다. 길쭉한[9] 파란 눈에 머리 위로 흰색 깃털이 뿔논병아리처럼 높이[10] 솟은 모습이 청설모와 비슷한 작은 동물 한 마리가 나를 기다리는 듯 침대 커튼에 반쯤 숨어 있었다. 오, 하느님, 정녕 저를 이 황량한 세상에서, 그녀의 부재가 가장 절대적인 공허를 영원히 만들어놓은 이곳에서, 이 절망적인 고독 속에서 죽게 하실 건가요. 처음 생겨난 세상의 인간을 용서하셨듯이 절 용서하실 수는 없나요. 그녀가 나를 사랑하든지 아니면 내가 더는 그녀를 사랑하지 않게 하소서. 하지만 그중 한 가지는 일어날 리 없고, 다른 한 가지는 제가 원하지 않습니다. 당신이 세상을 처음 만들었을 때 그랬듯이 내 눈물에 빛이

---

4   [Var.] "마차": 〈삯마차〉
5   [Var.] "내가 타고 갈…… 시간이라고": 〈내가 저녁식사를 하러 가기 위해 타고 갈 마차가 기다리고 있다고〉
6   [Var.] "눈물로 축축해진": 〈눈물에 젖은〉
7   이 뒤에 행간에 더해진 문장에 줄이 그어져 있다. 〈하인은 미처 내 방문을 닫지 않고 가버렸다.〉
8   [Var.] "나갈 준비를 했다.": 〈집을 나섰다.〉
9   [Var.] "길쭉한": 〈커다란〉
10   "머리 위로" "높이": 행간에 더해져 있다.

있게 하소서. 괘종시계가 여덟시를 울렸다.[11] 나는 늦을까 걱정이 돼서 서둘러 집을 나섰다.[12] 그러곤 삯마차에 올랐다. 흰색의 짐 승 역시 소리 없이 가볍게 뛰어오르더니, 절대로 나와 떨어지지 않겠다는 흔들림 없는 신의라도 지닌 듯 내 다리 사이로 와서 몸 을 웅크렸다. 나는 하늘의 깊고 밝은 푸른색이 담겨 있고 황금 십자가가 별처럼 반짝이는 듯한 그 동물의 눈을 한참 동안[13] 바 라보았다. 그렇게 보고 있자니 무한히 감미로우면서 또 무한히 씁 쓸한, 울고 싶은 욕구를 참기 힘들었다. 흰색의 아름다운 청설모 여, 나는 그대를 챙길 생각도 없이 친구 집으로 들어갔다. 도착해 서[14] 식탁에 앉자마자 나는 그녀에게서 너무 멀리 떨어져 있다는, 그녀를 알지 못하는 사람들[15] 틈에 있다는 생각에 끔찍한 불안 에 휩싸였다. 하지만 곧바로 무언가 내 무릎을 힘차고 부드럽게 어루만지는 게 느껴졌다. 청설모가[16] 흰색 털이 덮인 꼬리를 빠르 게 움직여 테이블 아래 내 발치에 편안히 자리잡고는 그 부드러 운 등을 마치 발받침 의자[17]인 듯 내밀었다.[18] 도중에 한쪽 신발 이 벗겨졌을 때 나는 그 털 위에 발을 얹기도 했다.[19] 내가 이따

---

11 "오, 하느님…… 여덟시를 울렸다": 행간에 더해져 있다.
12 [Var.] "서둘러 집을 나섰다.": 〈서둘러 계단으로 갔다.〉
13 [Var.] "한참 동안": 〈좀더 자세히〉
14 "도착해서": 행간에 더해져 있다.
15 [Var.] "그녀를 알지 못하는 사람들": 〈그토록 많은 낯선 사람들〉
16 [Var.] "청설모가": 〈그대가〉
17 [Var.] "발받침 의자": 〈쿠션〉
18 [Var.] "내밀었다.": 〈내 발을 얹으라고 내밀었다.〉

금 밑을 내려다볼 때면[20] 고요하게 반짝이는 눈길이 기다리고 있었다. 나는 더이상 슬프지 않았고, 더이상 혼자가 아니었다. 더구나 아무도 그 짐승을 볼 수 없어서[21] 내 행복감은 더욱 컸다. "동물이라도 한 마리 키워보지그래요. 당신 너무 외롭잖아요." 저녁 식사가 끝난 뒤 한 부인이 나에게 말했다.[22] 나는 흰색[23] 청설모가 숨어 있는 안락의자 밑을 살짝 쳐다보면서 더듬거렸다. "그러게요. 그러게요." 나는 더 말하지 못했고, 눈에 고이는 눈물이[24] 느껴졌다. 저녁에 내가 몽상에 젖어 청설모의 털 속에 손가락을 넣고 어루만지면, 포레[25]의 선율을 연주할 때만큼 우아하고 슬픈 여인들이 내 고독을 채워주었다.[26] 이튿날 나는 일상적인 일들에 몰두했고, 무심한 거리들을 쏘다녔고, 나를 좋아해주는 사람들과 나를 싫어하는 사람들을 보면서 드물고도 슬픈 관능적 만족감을 느꼈다. 내 주변을 둘러싼 모든 것을 물들이던 무관심과 권

19 [Var.] "얹기도 했다.": 〈얹으며 위로를 얻었다.〉

20 [Var.] "밑을 내려다볼 때면": 〈고개를 숙일 때면〉

21 [Var.] "아무도 그 짐승을 볼 수 없어서": 〈다른 사람들은 아무도 모르는 채로 있어서〉. 그리고 이 문장 뒤에는 〈소리 없이 내 곁에 머무는 사랑스러운 짐승. 그대는 내가 사는 동안(나의 삶에서) 나와 함께하며 나의 삶을 신비스럽고 우수에 젖은 삶으로 꾸며주었고〉가 더해져 있다.

22 [Var.] "나는 더이상 슬프지 않았고…… 한 부인이 나에게 말했다.": 〈그러면 나는 뿌듯해졌고, 아무도 모르는 이 소중한 보물이 나에게 왔다는 데 위안을 느꼈다. "당신 짐승이 아주 예쁘군요." 내 친구가 말했다.〉

23 [Ms.] "흰색": 〈파란색〉

24 [Var.] "눈에 고이는 눈물이": 〈내 눈가에 맺히는 눈물이〉

25 "포레": [Var.] 〈프랑크〉, [Éb] 〈슈만〉

26 [Ms.] "저녁에 내가 몽상에 젖어…… 내 고독을 채워주었다.": 행간에 더해져 있다.

태는 어디든 나를 따라다니던 흰색 청설모가 새들의 왕과 같은 우아함으로, 선지자와도 같은 슬픔으로 그 위에 걸터앉는 순간, 모두 흩어져버렸다. 소리 내지 않는 사랑스러운 짐승이여, 그대는 이 삶을 신비와 우수로 장식하며 내내 나와 함께해주었구나.

요정들의 선물

Le don des fées

반쯤 뒤집힌 '요정 이야기'라 할 수 있는 이 글은 과도한 감수성 때문에 고통받을 운명을 지닌 아기의 요람에서 착한 요정들이 들려주는 말이다. 읽다보면 예민한 성격에 병을 달고 살아야 했던 청년 프루스트의 마음속 말을 듣는 것 같다. 프루스트가 체념하고 받아들인 그런 삶의 규약이 요정의 말을 통해 구현된 셈이다. 이 이야기에서 인물에게 주어진 선물, 즉 그의 마음속 정령은 플라톤의 『소크라테스의 변명』에 나오는 소크라테스의 마음속 악령 다이몬을 연상시킨다. 실제로 프루스트는 한 공책에 다이몬에 대해 써놓았다.

이 상황은 『되찾은 시간』 끝부분에 나오는 「분장 무도회」,[1*] 즉 『잃어버린 시간을 찾아서』의 화자가 가면무도회를 떠올리게 하는 마지막 사교계 만찬에서 그 **동화적** 성격을 강조하는 대목에 어느 정도 남아 있다. 이 글에서는 동화가 서서히 교훈적 우화로 바뀌는 과정을 눈여겨볼 만하다. 요정 세계 이야기와 현실 이야기 사이의 그러한 변증법은 『쾌락과 나날』 전반에 스며들어 있는 특징이기도 하다.

「요정들의 선물」의 두 글은 내용이 서로 맞지 않고 전개 양상도 다르다. 앞의 글은 샤르댕과 렘브란트에 관한 시론의 초기 단계라

1* 『되찾은 시간』에서 게르망트 공작 부인의 저녁식사에 오랜만에 자리한 화자는 이전에 알던 사람들의 달라진 얼굴, 잔뜩 치장한 얼굴을 보면서 노화에 대해 생각한다. 「분장 무도회」는 최종판에서 사라졌지만 이 부분에 붙어 있던 소제목이다.

할 수 있지만, 아직 「한 가난한 청년을 생각해보라」(『시론과 논설』,
p. 372.)[2*] 등과 같은 교훈적 우화 형태는 아니다. 이 글에서는 착
한 요정들에게 선물로 받은 재능이 펼쳐진다. 그렇게 인물은 계시
의 무대가 되고, 그러한 계시는 『잃어버린 시간을 찾아서』의 마지
막 계시가 오기 전까지 잃어버린 시간 속에 흩어져 있던 계시들,
『되찾은 시간』의 한 초고에서 **파르시팔의 계시들**[3*]이라고 불리게
될 것을 예고한다(『잃어버린 시간을 찾아서』, 4권, p. 1389).

그리고 두번째 글에서, 요정들은 미래의 천재가 겪게 될 고통
을, 짓눌린 청년이 보들레르의 시구 "내겐 천년을 산 것보다 더 많
은 추억이 있다네"[4*]를 되씹게 될 정도로 힘든 고통을 떠안긴다.

프루스트가 가끔 만나던(나중에, 특히 1906년에 아주 많이 진해
진) 르네 페테르의 증언에 따르면 "마르셀은 자기 얘기를 하면서
'늙었다'라는 표현을 아주 좋아했고, 스스로를 과장되게, 거의 우
스꽝스럽게 늙은 사람으로 이야기하곤 했다."[5] 그렇게 서른다섯
살의 프루스트는 다른 사람들과의 사이에 "허구적인 나이차"[6]를
내세웠다. 프루스트가 왜 그랬는지 이 글에서 그 기원과 정서적

2* 1895년 프루스트가 루브르미술관에서 샤르댕(Chardin, 1699~1779)의 그림을
  보고 쓴 글로. 미완으로 남았다.
3* 『되찾은 시간』의 초고에는 주인공이 바그너의 「파르시팔」을 듣는 장면이 들어
  있다. 그 내용은 이후 바그너의 이름 없이 「스완의 사랑」 중 한 연회에서 소나타
  를 듣는 장면에 삽입되었다.
4* 보들레르의 시집 『악의 꽃』의 '우울과 이상' 부분에 수록된 시 「우울」의 한 구절.
5 René Peter, *Une saison avec Marcel Proust*, Paris: Gallimard, 2005, p. 31.
6 같은 책, p. 32.

이유를 볼 수 있다.

이 글에는 또한 외출의 즐거움을 포기하는 대신 주어진 나무 앞, 가지 앞에서의 명상이 나온다. 레날도 안이 프루스트에 대해 남긴 유명한 증언 속에도 언급된 이 명상은7* 『되찾은 시간』에서는 탄성과 함께 더욱 비통해진다. "나무여, 그대들은 나에게 더 할 말이 없구나"[같은 책, p. 433]. 나무들이 마음껏 살지 못하는 인물의 대화 상대가 된 것이다.

특히 우리는 『잃어버린 시간을 찾아서』의 주인공이 질베르트를 만나기 위해 샹젤리제에 갈 날을 노심초사하며 기다리는 상황이 담긴 이상하리만치 분명한 초안을 보게 된다. 여기서 주인공이 만나고 싶어한 이는 남자아이이다. 그래서 아이의 태도가 다소 거칠며, 이러한 특성은 나중에 질베르트에게도 어느 정도 남아 있다. 이 대목의 이본들 중에는 요정이 여자아이에게 말하는 것도 있다. 만나려고 애타게 기다리는 대상이 남자아이일 수 있도록 만들어놓은 화자의 예방적 유희.

이 두번째 글은 『쾌락과 나날』에 실리지 못한 글들 중에서도 훗날 『잃어버린 시간을 찾아서』에 등장할 일화들과 관련하여 가장 뚜렷한 전기적 기원을 제시한다.

7* 「자크 르펠드」의 해설(89~90쪽) 참조.

요정들이 우리 삶을 감미롭게 만들어줄[1] 선물을 우리의 요람으로 가져온다. 그중 어떤 것은 저절로[2] 우리가 금방 사용할 줄 알게 된다.[3] 그것을 어떻게 감내할지 누군가 가르쳐줄 필요도 없는 것 같다.[4] 그런데 그렇지 않은 것들도 있다.[5] 매력적인 선물은 보통 우리 안에 깊숙이 자리잡고 있어서[6] 우리 마음이 미처 그

---

1 [Var.] "우리 삶을 감미롭게 만들어줄": 〈우리 삶의 기쁨과 불행을 만들어줄 수많은[중단됨]〉.

2 "저절로": 행간에 더해져 있다.

3 [Éb.] "우리가 금방 사용할 줄 알게 된다.": 〈사용하는 법을 우리가 빨리 배운다.〉

4 [Éb.] "그것을 어떻게 감내할지…… 없는 것 같다.": 〈하지만 다른 선물들은 더 오래 가지고 있다.〉

5 [Var.] "그런데 그렇지 않은 것들도 있다.": 〈대부분은 우리의 마음속에 오래 그대로 남아 있다. 우리 대부분의 마음속에.〉

것을 알아채지 못할 때가 많다. 착한 정령이[7] 우리 영혼 속에 그 선물이 숨어 있는 자리를 비춰주어야, 그것을 보여주고 그것이 얼마나 훌륭한지 가르쳐주어야만 한다. 그러한 갑작스러운 계시 이후에도 우리는 흔히 소중한 선물을 다시 헛된 망각 속에 떨어뜨리게 되고, 그러면 다시 다른 착한 정령이 와서 그것을 주워 우리 손에 쥐어준다. 착한 정령들이란 우리가 일반적으로 천재라고 부르는 사람들이다. 만일 우리 중 천재가 아닌 모두에게 우리의 바깥 세계와 내면세계를 발견하게 해줄 화가나 음악가나 시인들이 없다면 삶이 얼마나 어둡고 음울하겠는가. 이것이 바로 착한 정령들이 우리에게 해주는 일이다. 그들은 우리 영혼이 알지 못하던 힘,[8] 우리가 사용함으로써 더 커지는[9] 그 힘을 찾아내준다. 오늘 나는 우리에게 은혜를 베푸는 존재들[10] 중에[11] 우리의 세상과 삶을 더 아름답게 만들어주는 화가들을 예찬하고자 한다.[12] 내가 아는 한 부인은 루브르를 나설 때[13] 라파엘로가 그린 완벽한 형상들과 코로가 그린 숲을 보고 난 뒤에 파리 거

---

6   [Éb.] "자리잡고 있어서": 〈자리잡고 숨어 있어서〉
7   [Éb.] "정령이": 〈정령이 와서〉
8   [Var.] "알지 못하던 힘": 〈사용하지 못하던 보물들〉
9   [Éb.] "더 커지는": 〈더 크게 만드는〉
10 [Éb.] "존재들": 〈존재들, 화가들〉
11 [Var.] "존재들 중에": 〈존재들 가운데〉
12 [Éb.] 이 부분이 다르게 적힌 초고도 있다. 〈오늘 나는 우리가 조금이나마 어떻게 보답할지 말해보려 한다. 그중 어떤 이들에게 감사 인사를 하고자 한다.〉
13 [Éb.] "루브르를 나설 때": 〈루브르를 방문하고 나올 때〉

리와 행인들의 추함을 보지 않으려고 눈을 감고 걸었다. 천재들은 그녀에게 요정들에게 받은 선물 이상을 주지 못했고, 그 선물은 대단찮은 평화에 불과했다. 내 얘기를 해보자면, 나는 루브르를 나선 뒤에도[14] 계속해서, 아니, 루브르 안에서의 입문入門 이후부터 비로소 돌 위의 햇빛과 그림자, 말의 옆구리에 흐르는 광택, 건물들 사이로 띠처럼 보이는 회색 혹은 푸른색의 하늘, 지나가는 사람들의 반짝이는 혹은 녹슨 빛깔의 눈동자 속에 드러난 삶의 경이를 본다. 오늘 루브르에서 나는 서로 닮지 않은, 각기 다른 경이로움을 안겨준 세 화가 앞에 걸음을 멈추었다. 샤르댕, 반 다이크, 그리고 렘브란트였다.

—

아이의 요람 위로 고개를 숙인 한 요정이 슬프게 말했다:[15]
아이야,
내 자매들이 너에게 아름다움과 용기와[16] 온유함을 주었지.[17]
그렇지만[18] 내 자매들이 너에게 준 것에다가, 어쩌랴,[19] 이제 내

---

14 [Éb.] "나선 뒤에도": ⟨떠난 뒤에도⟩
15 페이지 위쪽, 이 문장 시작 부분에 ⟨냉혹한 운명이 안기는 속박⟩이라고 썼다가 줄을 그어 지워놓았다.
16 [Var.] "용기와": ⟨미덕과⟩
17 [Var.] "주었지.": ⟨가져다주었지.⟩

선물을 더해야 하니,[20] 너는 괴로움을 겪게 되겠구나. 나는 이해받지 못하는 섬세함의 요정이란다. 앞으로 모든 사람이 너에게 아픔을 주고 상처를 입히게 될 거다. 네가 사랑하지 않는 사람들이 그럴 거고, 네가 사랑하는 사람들은 더할 테지.[21] 너는 가벼운 힐책, 약간의 무관심[22]이나 빈정거림[23]에도 자주 고통스러워할 테고, 그것들이 비인간적인, 너무나 잔인한 무기라고 생각해서 정작 더없이 고약한 인간들에게도 감히 써보지 못할 거다. 너도 모르게 네 영혼이, 고통을 겪는 네 능력이 그들에게도 있다고 믿고, 그래서 너는 무방비 상태가 될 테지. 처음에는 남자들의 거친 면을 피해 여자들의 사회에, 머릿결과 미소와 몸의 형태와 향기 속에 부드러움이 숨어 있는 여자들에게 다가가겠지만, 가장 능란하게 너에게 우정을 표하는 여자들도 자기가 뭘 하는지도 모르는 채로 너에게 슬픔을 안길 테고, 너를 애무하면서[24] 상처 입히고, 알지도 못하는 고통스러운 현을 퉁겨 연주하느라 너를 할퀼 거다.[25] 사람들은 너의 다정한 마음을 이해하지 못하고,

18 [Var.] "그렇지만": 〈그렇지만 그 선물에도 불구하고〉
19 "어쩌랴": 행간에 더해져 있다.
20 [Var.] 이 뒤에 〈그리고〉가 더해져 있다.
21 [Ms.] 이 뒤에 〈고약한 사람들이 너를 공격할 때 너는 무방비 상태가 될 거다. 그 사람들에게 자연적으로. 네 영혼에 비친 그 사람들의 영혼을 보면서〉라고 더해져 있다.
22 [Var.] "약간의 무관심": 〈가장 자연스러운 무관심〉
23 [Var.] "빈정거림": 〈가장 쓰라림이 덜한 빈정거림〉
24 [Var.] "너를 애무하면서": 〈한창 애무할 때 고양이가 물고 살금살금 걸으면서 할퀴듯이〉

그 섬세함과 강렬함은 폭소나 의혹을 불러오게 될 거다.[26] 다른 사람들의 마음속에는 그런 고통에 대해서도 혹은 자기들이 너에게 불러일으키는 애정[27]에 대해서도 본보기가 없기에, 너는 영원히 그 누구에게도 이해받을 수 없지. 그 누구도 너를 위로하지도 사랑하지도 못한다. 그러는 동안 제대로 쓰이기도 전에 낡아버린 네 몸은 충동과 애정에 저항하지 못하게 되겠지. 넌[28] 열이 자주 날 거다. 잠을 못 자고,[29] 끊임없이 오한으로 떨게 되지. 너의 쾌락은[30] 그렇게 뿌리부터 썩어갈 거다. 쾌락을 느끼기만 해도 이미 몸이 아플 테지. 남자아이들이[31] 웃고 뛰놀고 할 나이에 너는 비 오는 날마다 슬퍼질 거다. 비가 오면 어른들이 샹젤리제에 데려가지 않을 테고, 그러면 네가 사랑하는, 너를 때리는 여자아이[32]와 함께 놀 수 없게 되니까. 맑은 날엔 나가서 만날 수 있지만, 막상 만나면 네 방에서 그 아이를 만날 순간을[33] 기다리

25 [Var.] 이 뒤에 〈아주 작은 공감에도 너는 너무 기뻐하게 될 거고, 그 공감을 깊이 함께하며, 너의 애정은 더 섬세해질 거다〉라고 더해져 있다.

26 [Ms.] 이 자리에 줄을 그어 지워놓은 문장들이 있다. 〈그래도 그 애정을 간직하렴. [아무리 그래도] 그 누구와도 결코 [마음] 주고받길 기대하지[만나지] 말고. 누군가 너에게 다정하지 않게 대하거든, [언젠가 너는 불행한 사람에게 다정하게 대하면서 그 사람을 기쁘게 해줄 수 있겠지] 그래도 다정할 수 있는 기회가 올 테니까, 고통받는 사람들의 지친 발에 미지의 진귀한 향기를 퍼뜨리렴.〉

27 [Var.] "애정": 〈네가 느끼는 애정〉

28 [Éb.] "넌": 〈넌 언제나 그럴 텐데〉

29 [Var.] "잠을 못 자고": 〈잠을 잘 이루지 못하고〉

30 [Var.] "너의 쾌락은": 〈너의 모든 쾌락은〉

31 [Var.] "남자아이들이": 〈여자아이들이〉

32 [Var.] "여자아이": 〈남자아이〉

던 아침나절에 너 혼자[34] 그려본 것보다 그 아이가 덜 아름다워서[35] 또 슬퍼진단다. 남자아이들[36]이 열렬히 여자들을 쫓아다닐[37] 즈음이면 너는 이미 아주 나이 많은 노인보다 더 오래 산 느낌이 들 거다. 네가 무언가 대답하면,[38] 네 생각은 나중에 변한단다, 더 살아보면 알아, 우리만큼 살아보렴, 이렇게 말하는 부모님 앞에서 너는 공손히 미소 짓고 말겠지.[39] 이런 것들이 바로 내가 너에게 가져다줄, 내가 너에게 줄 수밖에 없는 선물이다. 안타깝지만, 죽음에 이를 때까지 네 삶의 어두운 상징이 될 그 선물들을 너는 부숴서 멀리 던져버릴 수 없단다.

그때 어떤 목소리가 들려왔다. 약하면서도 강한, 숨결같이 가볍고 고성소에서 나온 듯이 가벼운, 하지만 어조의 온화한 확신으로 땅의, 그리고 공기의[40] 모든 목소리를 지배하는 목소리였다: 나는 아직 생겨나지 않은, 하지만 이해받지 못한 너의 슬픔과 인정받지 못한 너의 애정에서, 그리고 네 몸의 고통에서 태어나게 될 목소리다. 내가 너를 네 운명에서 풀어줄 수는 없지만, 그 대

---

33 [Var.] "만날 순간을": 행간에 더해져 있다.
34 [Var.] 'seul'이 여성형 'seule'로 되어 있다.
35 [Var.] '그 아이'가 남성형 인칭대명사 'le'로 되어 있으며, '아름답다'는 형용사 역시 남성형 'beau'로 되어 있다.
36 [Var.] "남자아이들": 〈여자아이들〉
37 [Var.] "여자들을 쫓아다닐": 〈구애할〉
38 "네가 무언가 대답하면": 행간에 더해져 있다.
39 "미소 짓고 말겠지.": 〈미소의 힘을 빌릴 테지.〉
40 "그리고 공기의": 행간에 더해져 있다.

신 그 운명에 내 신성한 향기가 스며들게 해주마. 내 말 잘 듣고 마음을 달래렴. 그래, 무시당한 사랑과 아물지 않는 상처가 만든 너의 슬픔이 얼마나 아름다운지, 너무도 감미로워서 네가 눈물 젖은 하지만 매혹당한 눈길을 다른 곳으로 돌리지 못하고 계속 쳐다보게 될 그 아름다움을 내가 보여주마. 그 아름다움이 너무도 깊고 다양해서 남자들과 여자들의 냉혹함, 어리석음, 무관심은 너에게 기분전환거리밖에 안 될 거다. 마치 내가 네 눈을 가린 채로 인간들의 숲으로 데려가 안대를 풀어주고, 그러면 너는 즐거운 호기심으로[41] 나무 밑동 하나 가지 하나 앞에서[42] 걸음을 멈추는 것과 같다. 물론 질병이 많은 즐거움을 빼앗아갈 테지. 사냥을 하고 연극을 보러 가고 시내에 나가 식사를 하기는 힘들 테지만, 바로 그 병으로 인해 너는 사람들이 모두 소홀히 하는 일에, 삶을 떠날 순간이 올 때 아마도 네가 유일하게 본질적인 것으로 여기게[43] 될 일에 열중하게 될 거다. 내가 그 병을 비옥하게 만들어 건강이 알지 못하는 미덕들을 지니게[44] 해주마. 내가 아끼는 몸 약한 이들은 건강한 사람들이 놓치는 많은 것을 보게 된단다. 건강한 사람들은 건강이 갖는 아름다움을 잘 알아보지 못하지만, 너는 질병이 지닌 매력을 마음속 깊이 누릴 수 있을

---

41 [Var.] "즐거운 호기심으로": 〈즐거워하며〉
42 [Var.] "그 앞에서": 〈그곳에서〉
43 [Var.] "여기게": 〈판단하게〉
44 [Var.] "지니게": 〈보여주게〉

거다. 〔이 자리에 한 문장이 줄로 그어져 있다.〕 그러고 나면 눈물로 흠뻑 젖은 네 마음속에, 마치 4월의 비가 내리고 나면 곧 제비꽃으로 덮이는 들판처럼, 체념이 꽃을 피우게 되겠지. 너의 애정을, 누군가와 그것을 나눌 수 있으리라는 기대를 버리렴. 너의 애정은 너무도 희귀하단다. 그러니 그 애정을 숭배하는 법을 배우렴. 되돌려받으리라 기대할 수 없는 것을 주는 일은 쓰라리지만 감미롭기도 하단다. 설령 사람들이 너에게 다정하지 않아도 네가 남을 다정하게 대할 기회가 자주 올 테니, 오직 너만이 가능한 자비를 지녔다는 자부심으로, 고통받는 사람들의 지친 발에 그 미지의 진귀한 향기를 뿌려주렴.

—

1900년 8월 1일 『가제트 데 보자르』[45*]에 수록된 「존 러스킨(두 번째 평론)」을 보면, 프루스트가 이 「요정들의 선물」을 기억하는 상태로 쓴 글임을 알 수 있다. "그는 우리 중 태어날 때 요정들의 선물을 받은 사람도 '아름다움'의 새로운 부분을 알고 사랑하는 일에 입문하려면 필요로 하는 '천재들' 중 하나다."(『모작과 잡록』, p. 129)

_____

[45*] 1859년에 창간되어 2002년까지 발행된 잡지로, 문학비평과 예술사 관련 글들을 수록했다.

"그는 그렇게
사랑했고……"

*«C'est ainsi
qu'il avait aimé…»*

이 글 역시 고통과 행복의 관계에 관한 우화인데, 이번에는 창조주 신에게 기댄다. 그것은 도덕적 문제를 사회에서의 적용과 분리하면서 압축시키는 수단이 된다. 『꽃핀 소녀들의 그늘에서』의 주인공이 화가 엘스티르의 아틀리에에 들어갈 때도 화자는 이렇게 말한다. "아버지 하느님이 이름을 붙이면서 사물들을 창조했다면, 엘스티르는 그 이름을 벗겨내면서 혹은 다른 이름을 부여하면서 사물들을 재창조했다"[『잃어버린 시간을 찾아서』, 2권, p. 191]. 이 글 속 철새의 우화는 훗날 프루스트가 예술적 소명의 발달 과정을 방향을 찾아가는 전서구傳書鳩에 빗대어 설명하게 될 비유를 예고한다.

그렇게 어디서나 사랑했고 고통받았는데, 신이 그의 마음을 너무 자주 바꾸어버린 탓에[1] 그는 자기가 누구 때문에 고통받았는지 그리고 어디서 사랑했는지를 제대로 기억하지 못했다.[2] 한 해 내내 매혹된 상태로[3] 기다렸던, 아무리 기다려도 끝내 다가오는 것 같지 않던,[4] 죽음 너머에서라도 계속 간직하고 싶던 순간들이 이듬해가 되면,[5] 마치 더없이 열심히 만들어놓은 모래성

1　[Éb.] "바꾸어버린 탓에": 〈가져버린 탓에〉
2　[Var.] "기억하지 못했다.": 〈기억하기 힘들었다.〉
3　[Éb.] "매혹된 상태로": 〈열에 들떠서〉
4　[Var.] "끝내 다가오는 것 같지 않던": 〈영원히 풀리지 않던〉
5　"이듬해가 되면": 행간에 더해져 있다.

150

이 다음번 밀물에 흔적조차 찾을 수 없게 되는 것처럼, 그의 기억 속에 흔적도 남기지 않고 사라졌다. 시간은 바다와 마찬가지로 우리의 열정과 함께 모든 것을 쓸어가고 모든 것을 무너뜨리지만, 거세게 밀려오는 파도가 아니라 어린아이들의 장난처럼 잔잔하고 무심하고 확실한, 너울거리는 물결로 그렇게 한다. 그가 질투로 너무 고통스러워할 때, 신이 그를 그 여인에게서 떼어냈다. 그는 설령 그 여인에게서 행복을 얻을 수 없다 해도 평생 고통받기를 감내하려 했으리라. 하지만 신이 원한 것은 그런 모습이 아니었으니,[6] 신은 그에게 노래의 재능을 부여했고, 고통이 그 재능을 무너뜨리는 것을 바라지 않았다. 매력적인 피조물들을 자기 발아래 데려다놓은 신은 그에게 더는 연인에게 충실하지 말라고 조언했다. 신은 원래 이 땅에서 제비들과 앨버트로스들과 지저귀는 작은 새들이 고통과 추위로 죽는 것을 허락하지 않는다. 추위가 닥치면, 신은 그 피조물들이 자신들에게 주어진 법칙을, 땅에 충실해야 한다는 법칙이 아니라 노래해야 한다는 법칙을 어기지 않도록, 그들의 마음속에 다른 곳으로 날아가고자 하는 욕망을 불어넣는다.

---

6 [Éb.] "아니었으니": 〈아니었으니, 그래서 그에게 조언했다.〉

— 부록 —

『잃어버린
시간을 찾아서』의
뿌리

뤼크 프레스

프랑스 국립도서관의 베르나르 드 팔루아 기증 자료에는 우리로 하여금 프루스트와 그의 작품의 일련의 양상을 더 잘 알게 해주는 문서들과 수고본 원고들이 들어 있다. 앞서 소개한 미간행 소설들과 달리, 그 원고들은 프루스트가 『쾌락과 나날』을 지나 『잃어버린 시간을 찾아서』를 준비하던 시기의 글들이다. 그 중에는 우리가 지금까지 받아들인 지식과는 놀라울 정도로 다른 내용도 들어 있다.

프루스트는 사회학자 가브리엘 타르드를 알고 있었다

『잃어버린 시간을 찾아서』의 소설 세계가 사회학자 가브리엘 타르드[1*]의 이론에 영향을 받았다는 사실은 1981년에 이미 안 앙리가 밝혀낸 바 있다.[2] 타르드가 특히 『모방의 법칙』과 『사회 논리학』[3]에서 개진한 이론에 따르면, 사회집단은 다수가 몇몇 독창적인 사람을 따라가는 모방을 통해 응집한다. 독창적인 사람들이 홀로 머릿속에서 떠올린 새로운 관념들을 곧 일군의 모방자들이 받아들이면서 사회계층이 형성되는 것이다. 지배적이고 승자의 위치에 있지만 곧 시효가 다할 관념들, 반대로 새롭고 논쟁적이며 소수에 불과하지만 조만간 승자가 될 관념들, 사회는 이 둘 사이의 논리적 투쟁에 의해 작동한다. 『스완네 집 쪽으로』에서 이미 베르뒤랭 부인의 살롱을 드나드는 일부 사람들은 "작은 핵"을 이루어 "살롱 주인"의 시범을 따라 한다. 그리고 게르망트 공작 부인은 「스완의 사랑」뿐 아니라 그뒤에도 『잃어버린 시간을 찾아서』 전반에 걸쳐 포부르 생제르맹 사람들에게 시범을

1*   Gabriel Tarde(1843~1904). 프랑스의 사상가. 사를라 지역의 판사로 재직하면서 범죄학에 관한 선구적 이론을 세웠다. 1890년부터 출간된 타르드의 사회학 저서들은 사회를 집합적 총체로 본 에밀 뒤르켐에 맞서 개인의 마음이 사회를 이루는 데 중요한 역할을 한다는 학설로 사회심리학의 성립에 기여했다.

2   Anne Henry, *Marcel Proust, théories pour une esthétique*, Paris: Klincksieck, pp. 344~365.

3   Gabriel Tarde, *Les Lois de l'imitation / La logique sociale*, Paris: Félix Alcan, 1890/1895.

보이며 앞서간다. 또한 스스로 영감을 부여한 사교 법칙에 예외를 둠으로써 타르드가 '반反-모방'이라고 부르는 것도 행한다.

『잃어버린 시간을 찾아서』의 인물들, 그리고 미학에 대한 화자의 철학에는 분명 타르드의 이론이 무한히 다양한 변주와 함께 반영되어 있다.[4] 하지만 젊은 소설가 프루스트가 타르드의 모방이론을 실제로 접했음을 증명하기 위한 단서는 턱없이 부족했다. 당시 타르드는 콜레주드프랑스에서 모방이론을 가르쳤고, 그 소식은 프루스트가 소르본대학 철학 전공으로 문학부 학사과정(1893~1895)을 다니기 직전에 파리대학 법학부 학사과정(1891~1893)과 병행하여 강의를 듣던 시앙스포에도 퍼졌다.

우리에게 새로운 사실들을 알려주는 두 개의 자료가 있다.

한편으로, 가브리엘 타르드의 장서와 보존 자료 목록[5]에 따르면 타르드는 프루스트의 아버지 아드리앵 프루스트에게서 서명본 저서 세 권을 받았다. 첫번째는 『보건정책의 새로운 방향 설정. 국제보건학술대회(베네치아, 드레스덴, 파리), 1896년 해상보건경찰규정』[6]으로, "학사원 회원 타르드 씨에게 경의를 표하며"라고

---

4 Luc Fraisse, *L'Éclectisme philosophique de Marcel Proust*, Paris: PUPS, 《Lettres Françaises》, 2013, chap. XVII, 《Gabriel Tarde ou la philosophie faite roman》, pp. 959~1038.

5 *Le Laboratoire de Gabriel Tarde. Des manuscrits et une bibliothèque pour les sciences sociales*, sous la direction de Louise Salmon, Paris: CNRS Éditions, 2014. 《Inventaire du fonds de la bibliothèque》 établi par Jack Garçon, p. 395.

6 Paris: Masson, 1896.

쓰여 있다. 두번째 책인 『유럽에서의 페스트 방역과 1897년 베네치아 학술회의』[7]에도 같은 문구가 적혀 있고, 『보건학 개론』[8]이라는 제목의 세번째 책에는 "학사원 회원 타르드 씨에게 지극한 경의를 표하며"라고 적혀 있다.[9] 그러니까 학사원 내에서 타르드는 아드리앵 프루스트와 가깝지는 않았다 해도 최소한 알고 지내는 사이였다. 그렇다면 그 아들인 소설가 프루스트는?

프루스트가 타르드에 대해, 그리고 그의 글들에 대해 알고 있었음을 증명해주는 자필 원고가 있다. 그 내용을 이해하려면 우선 맥락을 알아야 한다.

1896년 가브리엘 타르드는 시앙스포에서 '정치사회학의 요소들'이라는 제목의 강의를 개설했다. 첫 강의는 1월 7일, 50여 명의 청중들 앞에서 진행되었다.[10] 기자이자 정치가인 샤를 브누아는 그 첫 강의의 기억을 나중에 이렇게 회고했다. "가브리엘 타르드가 자신이 완전히 독자적으로 선택한 주제로 진행한 강의의 첫 수업이 아직 기억납니다." "그의 말을 듣는 동안 나는 단상을 올려다보는 청중들의 얼굴에서 서서히 짙어지는 경탄의 표정을 보았지요. 타르드는 유려하고 풍요로운 이미지와 표현들을 쏟아

---

7   Paris: Masson, 1897.

8   Adrien Proust, Henri Bourges, Arnold Netter, *Traité d'hygiène*, Paris: Masson, 1902.

9   이 문구를 우리에게 알려준 자크 가르송 씨에게 깊이 감사드린다.

10 *Revue internationale de sociologie*, 4e année, n° 1, janvier, 1896, p. 86 참조.

냈습니다. 기발하고 섬세하며 대담한 생각들이 샘솟았어요. 보다 정확히 말하자면, 타르드의 정신은 늘 높은 온도를 유지하고 있었기에, 생각들이 끓어올랐습니다."[11]

프루스트의 자필 원고를 통해 우리는 브누아의 글에 언급된 대로 단상을 올려다보던 50여 명 가운데 마르셀 프루스트가 있었음을 알 수 있다. 글의 어조를 보면 당시 학생이던 프루스트가 신문에 실을 글을 준비한 것 같다. 이 원고를 보면 프루스트가 타르드와 그의 글들에 관해 무엇을 알고 있었는지 알 수 있다.

오랫동안 사람들은 타르드 씨에 대해 한 가지만을 알았다. 말인즉슨,[12] 그를 알지 못했다. 오랫동안[13] 사를라[14*]의 예심판사 생활을 한 탓에 사람들은 그의 전격적인 승진보다 사상가로서의 면모에 주목했다. 다시 말해 지금과 달리 처음에는 그의 경력이

---

11 브누아가 1909년 사를라에서 열린 가브리엘 타르드 기념비 제막식에서 한 연설이다. *Discours prononcés le 12 septembre 1909 à Sarlat à l'inauguration de son monument*, Sarlat: Michelet Imprimeur, 1909, pp. 87~88. 일반적인 시대 상황에 대해서는 루이즈 살몽의 글 「가브리엘 타르드와 19세기 말 파리 사회. 사회생활의 급격한 변동기(1894~1897)」를 볼 것. *Revue d'Histoire des sciences humaines*, 2005-2(n° 13), pp. 127~140.

12 [Var.] "말인즉슨": 〈다시 말해〉

13 [Éb.] "오랫동안": 〈오랫동안 승진이 전혀 없이〉

14* 프랑스 도르도뉴 지역의 도시. 사를라에서 태어나 그곳에서 법관 생활을 시작한 타르드는 1876년에 사를라 예심판사가 되었고, 1890년 『모방의 법칙』으로 명성을 얻어 콜레주드프랑스에서 강의하면서도 계속 판사 일을 이어갔다. 1894년 법무부 범죄통계국장으로 임명되면서 파리로 왔다.

거의 알려지지 않았다.[15] 이제 파리에 정착해 행정부에서 중요한 직책을 맡게 된 타르드 씨는 어제 시앙스포에서 '사회학의 요소들'에 대한 강의[16]를 시작했다.[17] 그는 논리적이라기보다는 직관적이고, 물론 그렇다고 사상가라기보다 시인이라는[18] 말은 아니지만, 사유를 통해 사유에[19] 말할 뿐 아니라 자신의 논증에 상상력을 통해 장엄한 이미지들의 권위를 더함으로써 설득력을[20] 강화한다.[21] 때로 견고한 추론의 조직 속에 유추의 신비스러운 실들과 은유의 휘황찬란한 자수들을 슬며시 끼워넣기도[22] 한다. 다를뤼[23*]가 그랬듯이 타르드 씨는 오직 철학자 시인인 그만이[24] 할 수 있는 강의를 했다. 또한 그는 강의의 장엄함과 시정詩情이 보다 잘 느껴지도록 수시로[25] 사회를 지배하는 법칙들을 식물과 별들의 왕국에까지 확장했다. 『모방의 법칙』의 존경할 만한 저자는 에머슨이나 칼라일[26*]처럼 개인들에게, 특히 사회

---

15 [Éb.] 이 뒤에 〈그는 시작했다〉가 더해져 있다.
16 [Éb.] "강의": 〈매주 화요일의 강의〉
17 [Var.] "강의를 시작했다.": 〈강의를 했다.〉
18 [Éb.] "시인이라는": 〈순간에 상상력으로 매료시키는[사로잡는] 시인이라는〉
19 [Var.] "사유에": 〈언어에〉
20 [Var.] "설득력을": 〈권위를〉
21 [Éb.] "설득력을 강화한다.": 〈논증에 덧붙이고 권위에 덧붙이면서 설득력을 강화한다.〉
22 [Éb.] "끼워넣기도": 〈섞기도〉
23* Alphonse Darlu(1849~1921). 프루스트가 콩도르세고등학교 시절 큰 영향을 받았던 철학 교사다.
24 [Éb.] "그만이": 〈그만이, 혹은 어떤 시인이〉
25 "수시로": 행간에 더해져 있다.

에 보다 폭넓게 동화될 수 있는, 사람들이 위인이라 부르는 개인들에게 중요한 지위를 부여했다. "위인은 시간이 되어야, 자기만의 시간이 와야 나타난다.[27] 그러나 위인은 자기 나라의 시간[28]을 위해 자신의 시간을 마음대로 늦추거나 앞당긴다." 타르드 씨는 자신이 원하는 대로 우리의 시간을 늦출 것이다. 세시 십오분이되자 그는 그토록 오랜 시간 청중을 붙잡아둔 것에 대해 사과했다. 이어진 청중의 긴 탄성은, 아마도 모방 법칙에 따르면 그가 강연하면서 말하는 방식을 우리가 이미 받아들였음을, 우리가 그에게 요구하는 것은 단 하나, 그의 표현을 인용하자면 "그의 독창적인 개성의 빈번한 반복"임을 입증해주었다.

어느 의지 이론가

프루스트가 한 귀퉁이에 "조제프 바뤼지[sic][29]의 『변신의 의지』라고 책 제목과 저자를 적어놓은 종이가 있다.

그가 말하는 책은 베르나르 그라세에서 1909년과 1911년에

26* 19세기 미국의 사상가이자 시인 랠프 월도 에머슨은 범신론적 초월주의 철학을 주장했으며, 영국의 역사가이자 작가 토머스 칼라일은 역사에서 개인의 역량을 중시한 영웅숭배론을 주장했다.

27 [Var.] "나타난다.": 〈나타난다고 그가 말했다.〉

28 [Var.] "시간": 〈그것〉

29* Joseph Baruzi를 프루스트가 'Baruzzi'로 잘못 써놓았다.

출간한 조제프 바뤼지의『변신의 의지』다.

소설가 프루스트는 이 책에서 무엇을 얻었을까?

『변신의 의지』는 분명 쇼펜하우어적인 의지를 주로 다룬다.[30] 하지만 니체,[31] 베르그송의『물질과 기억』[32]도 인용된다. "공간적으로 한정되고 시간적으로 결정된 현상의 감각 외에는 그 어떤 감각도 불가능하다"라는 칸트의 사유 또한 암시적으로 언급된다.[33] 라이프니츠의 단자론에 대한 간접적인 묘사[34]는 프루스트 미학의 핵심이라 할 만한 지적—"말하자면 다른 어떤 존재에서도 그려질 수 없을 세계의 이미지를 쌓아가는 게 바로 우리의 가장 내밀한 노력이다"[35]—에 이르고,『되찾은 시간』의 금언이 예고된다. "우리가 개인적 노력을 통해 해독하거나 밝힐 필요가 없었던 것, 우리 이전에 이미 분명했던 것은 우리 것이 아니다. 우리 안에 있는, 다른 사람들은 알지 못하는 어둠 속에서 우리가 끌어내는 것만이 우리에게서 온 것이다"[『잃어버린 시간을 찾아서』, 4권, p. 459].

『변신의 의지』를 통해 프루스트는 자신과 쇼펜하우어의 문제

---

30 Joseph Baruzi, *La Volonté de la métamorphose*, Paris: Bernard Grasset, pp. 108~111. 쇼펜하우어의 사랑론을 다룬다(쇼펜하우어의 이름이 등장하지는 않고 이론만 요약되어 있다).

31 같은 책, pp. 127~129.

32 같은 책, pp. 132~133.

33 같은 책, p. 140.

34 같은 책, pp. 136~137.

35 같은 책, p. 157.

적 관계를 명확히 짚어볼 수 있었다. 예술적 창조가 철저히 개인적인 노력에서 비롯한다는 프루스트의 확고한 신념은(앞에서 본대로, 프루스트는 그러한 신념을 적용한 칼라일과 에머슨에게 관심이 있었다) 세계 전체의 생명력이 각각의 정신 속에서 개별화한다는 쇼펜하우어의 '의지' 개념과 화해할 수 없었다. 「스완의 사랑」에서는 쇼펜하우어적인 사랑의 형이상학과 음악의 형이상학이 결합하지만, 칠중주를 듣는 『갇힌 여인』의 장면에서는 그 두 가지가 "과학에서 도출된 듯 보이는 결론에도 불구하고 마치 개인적인 것이 존재하는 것처럼"[같은 책, 3권, p. 760] 완전히 분리된다. 조제프 바뤼지는 쇼펜하우어가 말하는 의지를 개인성과 화해시키려 했다. "사람마다 강도가 다른 어떤 궁극적 힘이 우리 각자의 가장 은밀한 곳을 지키고 있다면, 더구나 그것이 예측 불가능한 간계와 고집스러운 대담함으로 가득한 채 여기저기서 흔들리는 힘이라면, 어떻게 어디서나 같은 운명을 겪을 수 있겠는가? 이제 그 힘은 오직 살아 있는 몸과 정신이 만들어내는 것을 통해서만 드러난다. 그러나 희미하게 자기를 드러내주는 태도나 생각에 그 힘이 온전히 스스로를 내맡기는 것은 아니다. 단지 그 힘이 여러 몸짓 속에서 펼쳐질 때, 몸짓은 그 힘을 쉼없이 확대하거나 축소한다. 그렇게 각각의 인간에게 그때까지 알지 못했고 영원히 바뀌지 않을 항들이 그 순간 단 한 번 주어지는 문제를 변수가 다양한 역학 방정식의 형태로 제시된다."[36] 프루스트는 만화경의 은유를 통해 이 과정을 보여준다. 바뤼지는 "각각의 존재에서 그 무엇보다 중요한 것은 자기가 가진 것 가운데 환원 불가능한 부분"[37]이라고 결론 내린다. 프루스트에게도 바로 그것이 중요하다.

바뤼지의 『변신의 의지』는 프루스트에게 『잃어버린 시간을 찾아서』의 등장인물들을 구상하는 수단을 제공했다. 훗날 『간힌 여인』의 화자도 분명히 말한다. "오랫동안 나는 오직 사람들이 의도적으로 제공하는 직접적인 말의 내용 속에서 그들의 실제 삶과 생각을 찾았지만, 그들의 과오를 보면서 이제는 오히려 진실에 대한 합리적이고 분석적인 표현이 아닌 것만을 중요하게 생각하게 되었다. 누군가 실제로 한 말은 마음의 혼란 때문에 상기된 얼굴이나 갑작스러운 침묵과 같은 방식으로 해석될 때 외에는 나에게 그 어떤 것도 알려주지 않았다"[『잃어버린 시간을 찾아서』, 3권, p. 596]. 바뤼지 역시 그것을 강조했다. "낯선 사람의 인상 혹은 의견을 제대로 파악하려면 우선 그것이 그 사람의 평소 태도나 목소리의 억양, 눈의 흔들림과 어떤 관계인지를 알아야 한다. 인간의 의식 상태 가운데 말을 통해 드러나는 것은 흔히 평범한 것들뿐이며, 진짜 의식은 그 안에 자리잡은 유일무이하고 환원 불가능한 부분을 통해서만 파악된다. 화려하든 보잘것 없든 다른 어떤 상황과도 닮지 않은 극적인 상황 속에 의식을 놓고, 그 상황을 이루는 순간들 중 하나가 되게 해야 한다. 심지어

---

36 같은 책, pp. 122~123.
37 같은 책, p. 157.

그 속에서 모험을 겪는 인물조차 대부분 그 극적 상황을 알아채지 못해야 한다. 그런 상황은 한 사람이 마음속에 품고 있는 모호한 열망이 일련의 실수나 성공을 통해 분명해지는 과정을 보여준다."[38] 프루스트의 화자 또한 인간의 겉모습 아래에 자리잡은 존재를 해독하게 될 것이다.

프루스트와 달리 바뤼지는 '잃어버린 시간'과 '되찾은 시간'을 직접 언급하지 않았다. 『잃어버린 시간을 찾아서』만이 그 두 개념에 특유의 이론적 소설적 상상적 차원을 부여하게 된다. 하지만 바뤼지의 이론 속에는 분명 프루스트가 말하는 두 상극에 이르는 길이 제시되어 있다.

잃어버린 시간의 시기 속에 정체된 주인공의 상태는 바뤼지의 글 속에서 이렇게 표현된다. "우리가 지닌, 이루어지지 않음을 소리 없이 한탄하고 있는 그 모든 가능성."[39] "그 무엇보다 각자의 특징을 잘 보여주는 것은 각자의 쓸모없는 생각이다."[40] 또는, "우리의 정신력은 우리 스스로에게 있는 미완의 것에 달려 있다."[41]

바뤼지가 말한 "아마도 신비스러운 창조 의지와 공존"하는 "혼란스럽고 간헐적인 감각"[42] 또한 주목할 만하다. 간헐intermittence 개념은 프루스트에게도 큰 의미가 있다. 프루스트는 이미 콩도

---

38 같은 책, pp. 112~113.
39 같은 책, p. 21.
40 같은 책, p. 27.
41 같은 책, p. 29.

르세고등학교 시절 알퐁스 다를뤼의 강의에서 그 개념을 듣고 의미심장하게 받아들인 터였다. 잃어버린 시간 속에서의 분산은 되찾은 시간 속에서의 통합을 위한 준비 단계다. 그에 대해『잃어버린 시간을 찾아서』이전에 바뤼지가 이렇게 말했다. "우리는 우리 의식의 적대적인 파편들 사이에 은밀한 우정이 있다고, 그리고 우리가 경험하는 조각난 사건들이 하나의 이야기를 구성하고 있다고 느낀다."[43]

되찾은 시간은 기억(어떤 형태의 기억)을 통해 얻어진다. 조제프 바뤼지는 쇼펜하우어로부터 두 가지 형태의 기억을 끌어온다. "세계가 우리의 표상이 되려면 우선 어느 정도 우리의 의지가 되어야 한다. 우리가 우리 자신의 지속성을 알고 우주의 존재를 느끼는 것은 우리 안에 과거가 보존되어 있을 뿐 아니라 파편 상태로 놓인 분명한 기억들 아래 어렴풋한 화려함이, 날짜를 알 수 없는 추억들의 뒤섞임이, 아득한 옛날의 기억이 펼쳐지고 있기 때문이다."[44] 비의지적 기억의 정의 또한, 프루스트 이전에 바뤼지의 글 속에 그 초안이 그려져 있다. "과거를 되돌아보면 우리는 여기저기 보이는 잘려나간 잔해들 가운데 어떤 온전한 자국을, 단조로운 나날들 위로 오만하게 고개를 치켜드는 사건을 되찾을 수 있다. 사라지지 않는 이미지들이 아주 미세한 세부 사항들

---

42 같은 책, p. 75.
43 같은 책, p. 13.
44 같은 책, p. 8.

까지 다시 나타난다. 그때 이미지들의 윤곽이 뚜렷해지고 모서리들이 예리해지면서, 주변에서 춤추던 환상이 마치 변덕스럽게 옮겨다니는 벌떼처럼 웅성대고 선회하며 우리를 향해 날아오른다. 이미지들은 우리의 오래전 떠들썩한 웃음소리를, 우리가 미처 인식하지 못했던 욕망들의 날갯짓소리를, 그렇게 그 모든 것을 잃어버린 시간으로 가져다준다. 우리는 지금껏 우리 안에 들어 있는 가능성의 극히 작은 일부를 실현했을 뿐이다. 그런데 그 이미지들은 우리가 희생시켜버린 우리 자신들 모두의 한숨을 우리에게 가져다준다."[45]

바뤼지는 일종의 비의지적 기억에 대해 말하고 있다. 분명한 한 가지 추억이 되살아나는 순간 인력引力으로 추억 주변의 모든 것을 응집시킨다는 점에서, 그것은 프루스트의 비의지적 기억을 예고한다. 물론 아직은 마들렌으로 되살아나는 추억을 둘러싼 변화무쌍한 성찰들과는 꽤 거리가 있다. 프루스트가 바뤼지의 철학 저서를 알고 있었다는 사실은 프루스트의 자필 원고 한 귀퉁이 외에는 어디서도 입증되지 않았고, 읽었다 해도 그 영향이 결정적이었다고 말하기는 어렵다.

하지만 『변신의 의지』가 1909년과 1911년에 출간되었다는 사실로 미루어볼 때, 프루스트가 소르본에서 학사과정을 마친 (1895년) 뒤에도 꽤 오랫동안 철학 서적들에 관심을 기울인 것은

---

45 같은 책, pp. 10~11.

분명하다. 따라서 그 시기의 프루스트에게 소설가만 남고 철학자는 사라졌다는 주장은 옳지 않다. 마들렌 일화를 통한 비의지적 기억의 연출이 아무리 훌륭했다 해도 그것이 만들어지던 당시 프루스트 주변에는 『잃어버린 시간을 찾아서』와 거의 같은 시기에 같은 문제들을 다룬 글들이 잘 알려져 있었다.

"오랫동안 나는 일찍 잠자리에 들었다" 이전

『스완네 집 쪽으로』의 시작 부분[『잃어버린 시간을 찾아서』, 1권, pp. 633~658]과 관련해서는 이미 알려진 여러 장의 초고가 있다. 이 대목만 따로 메모해둔 종이들도 있다. 다음은 세 이본들이다.

1. "오랜 세월 동안Pendant de longues années, 매일 저녁chaque soir, 내가 잠자리에 들고 나면quand je venais de me coucher 침대 곁에 있는 건축학 개론서 몇 쪽을 읽곤 했으며, 그러다가 자주, 촛불이 꺼지자마자 눈이 너무 빨리 감겨서 나는 [중단됨]"
2. "여러 해 동안Pendant bien des années, 저녁마다le soir 내가 잠자리에 들 때면quand je venais me coucher 자주 촛불이 꺼지자마자 눈이 너무 빨리 감겨서 나는 '잠이 드는구나'라고 생각할 틈도 없었다. 그리고 삼십 분 뒤에 잠을 청해야 할 때라는 생각 때문에

잠에서 깨어났다. 나는 촛불을 불어 끄려 했고 여전히 내 손에 들려 있다고 생각한 신문을 치우려 했다. 자면서도 나는 신문의 내용을 생각했지만, 나 자신이 새로운 교향곡이었고, 장관의 불신임 투표에 찬성표를 던진 의원들 [중단됨]"

3. "예전에는Autrefois[46] 촛불이 꺼지자마자 눈이 너무 빨리 감겨서[47] 나는 '잠이 드는구나'라고 생각할 틈조차 없었고, 삼십 분이 지나면 잠을 청해야 할 시간이라는 생각 때문에 자주 잠이 깼다. 그러면 나는 여전히 내 손에 들려 있다고 생각한 책을 내려놓고 촛불을 불어 끄려 했다.[48] 자면서도 나는 책에서 읽은 내용을 생각했고, 나 자신이 바로 그 책에 나온 성당, 사중주곡, 두 여인 사이의 [판독 불가]임을 의심하지 않았다."

이본들에서는 설정 가능한 상황과 관련된 보다 많은 것들이 주어져 있었지만, 최종본에서는 받아들여지지 않았다. 최종본은 의도적으로 "오랜 세월 동안" 혹은 "여러 해 동안"보다 모호한 "오랫동안longtemps"[49*]을 택했다. 이본들에서 "매일 저녁"은 체험된 시간을 만들어내고, "내가 잠자리에 들 때면"은 주인공을 내세

---

46 [Var.] "예전에는": 〈여러 해 동안〉
47 [Var.] "눈이 너무 빨리 감겨서": 〈너무 빨리 잠이 들어서〉
48 [Eb.] "여전히 내 손에…… 촛불을 불어 끄려 했다.": 〈촛불을 불어 끄려 했다.〉
49* 최종본은 "오랫동안 나는 일찍 잠자리에 들었다Longtemps, je me suis couché de bonne heure"로 되어 있다.

운다. 그리고 사용된 시제들은 이야기의 시간[50*]에 속한다. 반면 최종본의 복합과거시제는 단지 이야기의 주인공과 정확히 알 수 없는 오늘에 위치한 채로 지난 경험을 되짚어가는 화자 사이에 직접적인 관계만을 형성한다.

마들렌 일화의 첫 초고에서도 같은 양상을 확인할 수 있다. 초고에는 최종본에 비해 그 장면을 체험한 배경이 더 구체적으로 주어져 있다.

"내가 콩브레에 있을 때 일어난 일이다. 몇 해 전 겨울은 무척 추웠다. 눈이 아주 많이 온 어느 날 집에 돌아왔는데 내 방의 불이 약해서[51] 몸을 덥힐 수 없자, 프랑수아즈가 차를 좀 끓여 오겠다고 말했다."

최종본은 초고에 주어진 세부 사항들을 조심스레 덜어낸다. 그로 인해 『잃어버린 시간을 찾아서』의 화자, 혹은 마르셀 뮐러가 매개적 주체[52]라고 부른 이에게 초고에서만큼 구체적이지 않고 더 알쏭달쏭한, 그래서 더 큰 힘을 갖는 상황이 주어진다.

50* 프랑스어 시제에서 지속·반복되는 과거 행위 혹은 상태를 나타내는 반과거는 언술행위의 상황과 무관한 '이야기'의 시간에, 과거에 완료된 동작을 현재와의 관계 속에서 드러내는 복합과거는 '담론'의 시간에 속한다.

51 [Var.] "불이 약해서": 〈불이 타오르지 않아서〉

52 Marcel Muller, *Les voix narratives dans la "Recherche du temps perdu*, Genève: Droz, 1965.

막 잠들어 있는 사이 머릿속을 떠다니는 독서의 기억들은 과거 콩브레에서의 잠자리를 둘러싼 드라마의 은밀한 무의식적 추억일 수도 있다. 그 장면을 분명히 그려놓은 초고도 있다.

"몇 줄을 읽어보려고, 아름다운 장미를 바라보려고, 옆집에서 들리는 피아노 소리에 귀를 기울여보려고 애썼지만, 슬픔이 너무 클 때는 마음속에 아무것도 들어오지 않는 법이다."

이 글에 적힌 피아노 소리에 근거하여, 콩브레 장면이 처음에는 더 큰 도시를 배경으로 삼았다는 추측도 가능해진다. 유년 시절이 훨씬 지난 뒤 프루스트가 살던 오스만 대로 102번지에는 피아노를 잘 치는 이웃, 윌리엄스 부인53*이 살고 있었다.54

『스완네 집 쪽으로』 시작 부분의 한 대목

잘 알려진 "잠든 사람" 대목[『잃어버린 시간을 찾아서』, 1권, p. 5]을 낱장 종이들에 써놓은 초고는 다음과 같다.

53* 프루스트가 오스만 대로의 아파트에서 『잃어버린 시간을 찾아서』를 쓸 때 윗집에 미국인 치과의사 윌리엄스 씨가 살았고, 프루스트는 피아노를 즐겨 치는 그의 아내 때문에 괴로워했다.

54 Marce Proust, *Lettres à sa voisine*, Gallimard, coll.《Blanche》, 2013 참조.

"두 팔을 늘어뜨리고 잠든 젊은이는 자기 주위에 시간의 실타래를, 세월과 우주의 질서를 둥글게[55] 감고 있다. 잠에서 깨어난 그는 시간을 확인하려 하지만,[56] 그 허약한 서열이 무너지고 뒤섞일 수 있다.[57] 만일[58] 잠결에 평소 눕지 않던[59] 쪽으로 돌아누우면, 밤이 막 시작되었을 뿐이고[60] 무수한 별들이 하늘에서 가장 밝게 빛나고 있는데, 그 별들이 땅 위로 떨어져 꺼져버린다. 그럴 때[61] 잠에서[62] 깨어나면, 그는 이미 아침이 왔다고 생각하게 된다. 반대로 아침이 되도록 잠을 이루지 못하고 평소 잘 때와 전혀 다른 자세로 책을 읽다[63] 잠이 들면, 팔만 들어올려도 태양을[64] 멈추게 하고 뒷걸음치게 할 수 있다. 그러다가 다시 눈을 뜨면[65] 주변이 제대로 보이기 전까지는 자신이 막 잠자리에 들었다고 생각할 것이다. 혹은 평소와 더 많이 다른, 아주 별난 자세로, 예컨대 거실에서 저녁식사 후[66] 안락의자에 앉아서 잠

---

55 [Eb.] "둥굴게": 〈둥글게 말아서〉
56 "잠에서 깨어난 그는 시간을 확인하려 하지만": 행간에 추가되어 있다.
57 [Eb.] 이 뒤에 〈움직이고, 사지의 관절이 비틀릴 수 있다〉가 더해져 있다.
58 [Eb.] "만일": 〈만일 잠이 든 뒤에〉
59 [Eb.] "평소 눕지 않던": 〈평소와 다른〉
60 [Eb.] "시작되었을 뿐이고": 〈시작된 순간이고〉
61 [Eb.] "그럴 때": 〈잠시 후에〉
62 [Eb.] "잠에서": 〈첫잠에서〉
63 [Var.] "읽다": 〈읽는 동안에〉
64 [Eb.] "태양을": 〈떠오르는 태양을〉
65 [Var.] "눈을 뜨면": 〈눈을 뜰 때〉
66 [Var.] "저녁식사 후après dîner": 〈après le dîner〉로 정관사가 붙어 있다.

이 들기라도 하면, 그럴 땐 궤도를 이탈한 세계들에[67] 완전한 혼란이 일어난다. 그는 마법의 의자에서 한순간에 시간과 장소를 건너뛰고, 잠에서 깨어나면 자신이 몇 달 전 갔던 해수욕장에[68] 누워 있다고 생각할 것이다."

스완 일가를 둘러싼 이야기

스완과 그 가족의 이야기에 대한 초고가 적힌 낱장 종이들이 있다.

"내 할아버지는 스완 씨를 잘 알고 있었다. 할아버지는 그 사람에 대해서, 깊지만 괴상한 그 감수성에 대해서 우리에게 자주 이야기했다."

이어서, 스완의 어머니가 사교계에서 명성을 얻어가던 과정이 세 장에 걸쳐 그려진다.

자료들을 비교해보기만 해도, 프루스트가 1895년과 1896년 사이 레날도 안에게 보낸 편지들의 몇 가지 요소가 오데트를 향

---

67 [Eb.] "세계들에": 〈세계들의 질서에〉
68 [Eb.] "해수욕장에": 〈해수욕장에서 침대에〉

한 스완의 질투 이야기에 쓰인 것을 알 수 있다.[69] 모자를 쓴 스완의 그림에 "레날도 안을 위해"라는 제목이 붙어 있고, 여백에 스완과 오데트 이야기의 초안이 적힌 원고도 있다.

『스완네 집 쪽으로』에는 시기적으로 「스완의 사랑」과 「고장의 이름: 이름」 사이에 놓일 스완의 결혼이 아무런 설명 없이 남아 있다. 질베르트를 임신했기 때문일까? 한 초고에서 설명을 볼 수 있다.

"이 결혼[70]을 이해한 사람은 거의 없었지만, 그래도 관계가 오래 지속되면 약간의 다정함과 가족애 같은 힘이 생긴다는 것은 알았을 것이다. 오데트는 〔중단됨〕"

1917년 12월, 수초 대공부인[71*]에게 보낸 편지에 들어 있는 매우 일반적인 단언 역시 그런 의미로 해석될 수 있다. "관념은, 설사 대수롭지 않게 여겨진 것이라 해도, 일단 머릿속에 들어오면 곧바로 사라지지 않고 그 안에서 영향력을 행사하죠"[『서간집』, 16권, p. 337]. 프루스트는 1897년 6월에 이미 로베르 드 몽테스

---

69 *À la recherche du temps perdu*, t. I, "Un amour de Swann", pp. 1181~1183 의 해설 참조.
70 [Éb.] 이 뒤에 〈아무리 쉽게 이루어졌어도〉가 더해져 있다.
71* 몰다비아 공국을 지배해온 수초Soutzo가의 디미트리 수초의 아내 엘렌 수초를 말한다. 엘렌은 디미트리와 헤어진 뒤 프루스트와 가까이 지내던 작가 폴 모랑과 결혼했다.

키우[72*]에게 이렇게 썼다. "상황들의 연속은 우리 본성이 전개되는 또다른 양상일 뿐이기에, 욕망이었던 것은 모두 사실이 됩니다. 하지만 우리가 더이상 그것을 욕망하지 않을 때 그렇죠"[『서간집』, 2권, p. 197(강조는 프루스트가 한 것이다)].

질베르트의 모델이 된 남자아이들

우리는 「요정들의 선물」을 통해 『스완네 집 쪽으로』 3부에서 주인공이 질베르트를 보러 샹젤리제에 못 갈까봐 노심초사하며 날씨를 살피는 일화의 전신을 보았다. "그래서 날씨가 의심스러우면, 아침부터 나는 계속해서 날씨에 대해 묻고, 모든 조짐을 살폈다. 맞은편 집에 사는 부인이 창가에서 모자를 쓰면 나는 이렇게 생각했다. '저 부인이 이제 곧 외출하네. 밖에 나가도 될 만한 날씨라는 뜻이지. 질베르트라고 왜 저 부인처럼 하지 않겠어?'"[『잃어버린 시간을 찾아서』, 1권, pp. 388~389]

또한 우리는 프루스트가 이 일화의 초고를 이미 오래전에(그가 유사한 경험을 했던 시기와 더 가까운 청년 시절에) 썼음을 알고 있다.

72* 프랑스의 시인이자 문예비평가. 소문난 댄디였고, 『잃어버린 시간을 찾아서』의 샤를뤼스 남작의 모델로 거론된다.

"남자아이들이[73] 웃고 뛰놀고 할 나이에 너는 비 오는 날마다 슬퍼질 거다. 비가 오면 어른들이 샹젤리제에 데려가지 않을 테고, 그러면 네가 사랑하는, 너를 때리는 여자아이[74]와 함께 놀 수 없게 되니까. 맑은 날엔 나가서 만날 수 있지만, 막상 만나면 네 방에서 그 아이를 만날 순간을[75] 기다리던 아침나절에 너 혼자[76] 그려본 것보다 그 아이가 덜 아름다워서[77] 또 슬퍼진단다."

질베르트는 남자아이였고, 조심하느라 여자아이로 설정된 것이다. 샹젤리제에서 만나는 동무는 거친 면이 있지만 『스완네 집 쪽으로』에서는 그 성격이 다소 누그러져 표현된다. "어쩌면 이미 샹젤리제에 가 있을 질베르트는 나를 보자마자 이렇게 말할 것이다. '자, 빨리 잡기 놀이[78*] 시작하자. 너는 나랑 같은 편이야.'" [『잃어버린 시간을 찾아서』, 1권, p. 389].

초고의 이야기는 작가가 실제 체험한 일이고, 최종본은 그것을 소설적 허구로 가린 것이다.

---

73 [Var.] "남자아이들이": 〈여자아이들이〉
74 [Var.] "여자아이": 〈남자아이〉
75 [Var.] "만날 순간을": 행간에 더해져 있다.
76 [Var.] 'seul'이 여성형 'seule'로 되어 있다.
77 [Var.] '그 아이'가 남성형 인칭대명사 'le'로 되어 있으며, '아름답다'는 형용사 역시 남성형 'beau'로 되어 있다.
78* 두 편으로 나눠 양쪽으로 늘어선 뒤 상대편을 잡아오는 경기로, 막대기처럼 길게 늘어선다고 해서 원래 이름은 '막대기 경기'다.

『사라진 여인』 혹은 『사라진 알베르틴』의 끝부분에서 주인공은 생루와 결혼한 질베르트가 살고 있는 탕송빌에 머문다. 그는 콩브레 주변을 산책하면서 두 "쪽", 그러니까 메제글리즈(또는 스완네) 쪽과 게르망트 쪽이 그동안 믿어온 것처럼 전혀 다른 길이 아님을 알게 된다. "우리가 산책하면서 나눈 대화에서 그녀가 여러 차례 날 놀라게 한 게 기억난다. 그 가운데 하나는 제일 처음 나에게 이렇게 말한 것이었다. '혹시 너무 배고프다든가 시간이 너무 늦은 게 아니라면, 왼쪽으로 이 길을 따라가다가 오른쪽으로 꺾어지면 십오 분도 안 되어 우린 게르망트에 가 있을 거야'" [같은 책, 4권, p. 268].

오래된 초고들에는 '게르망트 쪽'이 '빌봉 쪽'이라고 되어 있다. 이야기의 무대가 일리에 인근의 실제 장소로 설정된 것이다.[79*] 또 한 초안에는 더 많은 내용이 담겨 있다.

"샤르트르 오른쪽에서 노장르로트루로 가는 길을 따라가다가 왼쪽으로 두세 번 꺾어지면 빌봉성城에 도착한다는 이야기를 내 운전사에게서 듣고 깜짝 놀랐다. 나에게 그것은 마치 첫번째 길을 따라가다 두번째 길을 따라가면 꿈속 나라에 도착한다는 얘기와도 같았다."

[79*] 콩브레는 파리 남서쪽 외르에루아르 지방의 일리에를 허구화한 것이다(지금은 도시 이름이 '일리에콩브레'로 바뀌었다). 빌봉은 외르에루아르 지방의 실제 지명이다.

『잃어버린 시간을 찾아서』속 질베르트의 역할을 이 초고에서
는 알프레드 아고스티넬리가 맡았다. 프루스트는 그가 운전하는
차를 타고 카부르에서 캉까지 갔고, 그때의 일을 1907년에 「자동
차 안에서 보는 길의 인상들」로 회고했다(그 일은 또한 1913년 『스
완네 집 쪽으로』의 마르탱빌 종소리 에피소드의 바탕이 된다). 초안에
서는 성인이 된 주인공을 태운 운전사가 훗날 콩브레로 등장하게
될 일리에 주변을 드라이브하는 내용이다.

라발뤼 추기경이 갇혔던 우리

『꽃핀 소녀들의 그늘에서』의 주인공은 발베크의 그랑호텔에
도착하자마자 익숙지 않은 방 때문에 불편을 느끼고, 그때 역사
적 배경을 가지는 생동감 있는 비유가 등장한다. "잠시라도 침대
에 눕고 싶었지만 무슨 소용이 있겠는가. 어차피 이 모든 감각의
총체, 즉 우리 각자에게 주어진, 물질로서의 몸이 아니라 의식을
지닌 몸을 쉬게 할 수는 없을 테고, 그 몸을 포위한 낯선 사물
들이 지각으로 하여금 경계하며 방어 태세를 취하도록 강요함으
로써 내 시각과 청각을, 내 모든 감각을 마치 우리 안에 갇혀 일
어서지도 앉지도 못했던 라발뤼[80*] 추기경처럼 쪼그라들고 불편
한 자세로 만들어버렸을 텐데(설령 내가 다리를 뻗었다 해도 그렇
다)"[『잃어버린 시간을 찾아서』, 2권. p. 27].

Loches (I.-et-L.)
Reproduction authentique de la véritable cage de fer et de bois,
dans laquelle Louis XI fit enfermer le Cardinal La Balue au Donjon.
Cette cage fut détruite et brûlée dans le feu de joie
du 14 Juillet 1791.

〈그림 3〉 라발뤼가 갇혔던 우리(위). 프루스트가 1906년에 받은 엽서(아래).

라발뤼 추기경은 루이 11세의 명에 따라 로슈성에 갇혔다고 전해지지만,[81] 역사가들은 그곳에 철제 우리가 있었다는 점에 의혹을 제기한다.

하지만 프루스트는 의심 없이 믿었다. 1906년 그가 오스만 대로 102번지에 살 때 받은, 로슈(앵드르에루아르)에서 온 엽서(〈그림 3〉 참조)에 그 우리가 그려져 있었기 때문이다. 그림 밑에는 이렇게 적혀 있다. "루이 11세가 라발뤼 추기경을 탑에 가두며 넣어둔, 쇠와 나무로 된 실물 우리의 복제품. 1791년 7월 14일 축제의 모닥불에 타서 소실되었다."

꽃핀 젊은이들의 그늘에서

프루스트는 카부르에 여러 차례 머물렀고, 체류하는 동안에 상단에 그랑호텔의 이름이 새겨진 종이에 그곳에서 골프를 치던 젊은이들에게 바치는 오드[82] 형식의 시를 썼다(〈그림 4〉 참조). 그 젊은이들 중에는 나중에 『마르셀 프루스트와 함께』[83]라

80* 루이 11세 궁정의 권력자였던 성직자로, 배신으로 몰려 십일 년 동안 로슈성 탑에서 갇혀 지냈다. 이후 샤를 8세 때 복권되었다.
81 *À la recherche du temps perdu*, p. 1352, p. 27 주 1.
82* 원래는 고대 그리스비극에서 합창대가 부르던 노래를 뜻하는 말로, 특정 인물 혹은 대상에게 바치는 짧은 서정시를 말한다.
83 Marcel Plantevignes, *Avec Marcel Proust*, Paris: Nizet, 1966.

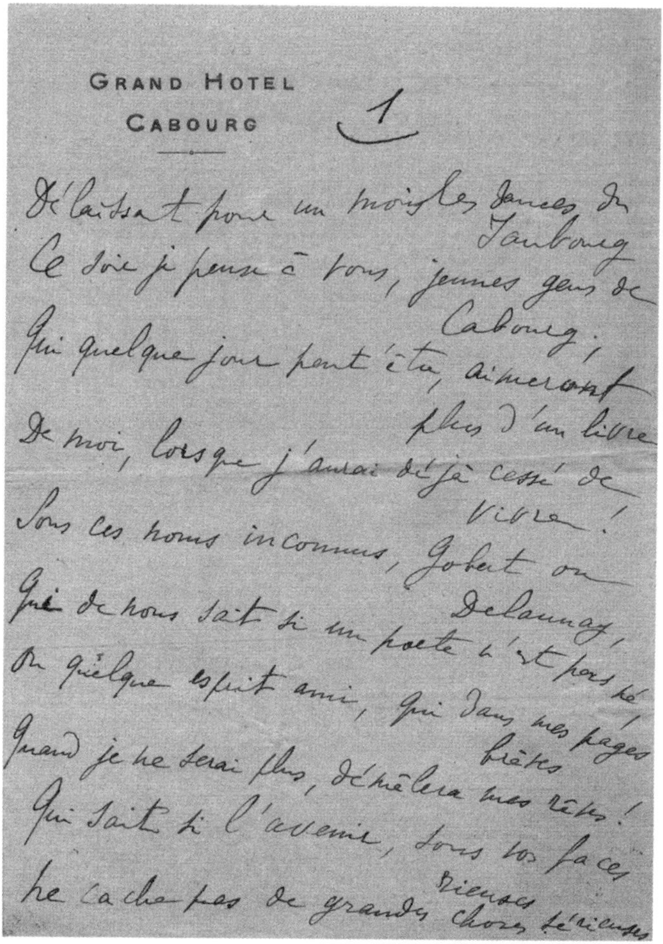

GRAND HOTEL
CABOURG

1

Délaissant pour un mois les danses du Faubourg
Ce soir je pense à vous, jeunes gens de Cabourg,
Qui quelque jour peut être, aimeront plus d'un livre
De moi, lorsque j'aurai déjà cessé de vivre!
Sous ces noms inconnus, Gobert ou Delaunay,
Qui de nous sait si un poete n'est pas né,
Ou quelque esprit ami, qui dans mes pages brèves
Quand je ne serai plus, démêlera mes rêves!
Qui sait si l'avenir, sous vos faces rieuses
Ne cache pas de grandes choses sérieuses

〈그림 4〉 카부르의 꽃핀 젊은이들에게 바치는 시, 수고본 원고, 첫 부분.

는 두터운 회상록을 낸 마르셀 플랑트비뉴(1889~1969)도 있는데, 그는 1966년 3월 23일의 한 방송에서 자신이 프루스트에게 '꽃핀 소녀들의 그늘에서'라는 제목을 제안했다고 주장했다. 프루스트가 그 젊은이들을 만난 것은 1908년 여름이었다. 1918년에 샤를르 달통에게 보낸 편지에서 프루스트는 전쟁 이전의 카부르의 추억을 일깨운다. "지난 삼 년 반 동안 파리를 떠나지 못한 탓에 카부르에 대해서는 이제 아무것도 알 수 없다네. 아니, 군복무중인 푸카르가 휴가 때마다 찾아오면 카부르가 되살아나지. 기 들로네, 피에르 파랑, 웨스버가 이따금 소식을 전해주기도 하고. 아마 알고 있겠지만, 가엾은 마르셀 플랑트비뉴가 죽을 뻔했다는군. 두 해 동안 생사를 넘나들었다는데 지금은 그래도 괜찮은 것 같네"[『서간집』, 17권, p. 173]. 『수첩』 1권에는 이런 말도 나온다. "현지 사람들을 좋아하는 편이 더 낫다. 플랑트비뉴, 푸카르"[『수첩』, p. 41].

포부르의 귀부인들을 한 달 동안 제쳐두고
오늘 저녁 나는 당신들 카부르의 젊은이들을 생각하네,
언젠가 내가 이미 삶을 멈추었을 때
내 책들을 사랑해줄 그대들!
누가 아는가, 고베르[84]나 들로네[85] 같은 미지의 이름을 지닌
시인이 태어나지 않을지,
혹은 내가 세상에 없을 때 내 짧은 책 속에서

누군가 다정하게 내 꿈의 실타래를 풀어줄지.

누가 아는가, 그대들의 웃음 짓는 얼굴 아래

중요한 큰일들이 숨어 있지 않을지,

그리고 골프 치는 이 젊은이들이 사랑으로 자라나

언젠가 그중에서 시인이 나오지 않을지!

처음엔 (그대들에게 결점이 있듯 내게도 결점이 있으니)

그대들을 누가 누군지 알아보지 못했다네!

파랑,[86] 도농,[87] 푸카르, 혹은 들로네

모두가 내 눈에는 비슷해 보였고

그래서 어떤 확실한 표식으로

고베르와 플랑트비뉴를 구분할지 궁리해야 했지.

가을이면 제비들이 모여들어

---

84 1918년 7월에 앙드레 푸카르에게 보낸 편지(『서간집』, 17권, p. 328)에서 프루스트는 카부르와 그 주변을 떠올리며 고베르 양에 관해 언급하는데, 여기서 말하는 고베르는 아마도 그 가족일 것이다. 1919년 8월의 또다른 편지에는 "고베르의 친구인 푸카르를 자네는 우리집 혹은 자네의 집에서 보았을걸세"(『서간집』, 18권, p. 373)라는 구절도 있다.

85 마르셀 플랑트비뉴의 회고록에는 고베르도 들로네도 나오지 않는다. 들로네는 카부르에 '알시웅'이라는 사유지를 소유하고 있던 폴 들로네의 아들 기 들로네로 짐작된다. 1908년의 『수첩』 1권에도 들로네라는 이름이 언급된다(『수첩』, p. 93 참조).

86 피에르 파랑(1883~1964)은 후에 탄광의 주임 기사技師가 된다. 1908년 10월 편지[『서간집』 8권, p. 244] 참조. 그의 이름은 1908년의 수첩 1권에도 여러 차례 언급된다(『수첩』, pp. 45, 55, 98, 100).

87 이 이름은 다른 곳에선 한 번도 나오지 않는다.

날갯짓으로 의견을 주고받고

그렇게 제법 큰 무리를 이루듯이

그대들도 큰 몸짓을 하면서 고함을 내질렀지!

미안하네만, 로마인들이 킴브리족과 튜턴족을 구별 못했듯이,[88]*

나는 우표 수집상에 와 있는 느낌이었다네!

그뒤에 자네들이 힘껏 외치는 골프나 대회 같은 말들이

내가 묵는 숙소의 참된 의미를 일깨워주었지.

나는 몹시도 예쁜 이름이 추억을 불러일으키는 플랑트비뉴를

빨간 작업복으로 알아보았네.

푸카르는 연구자 같고, 파랑은 비꼬기를 잘하지.

이따금 홀로 우수가 짙어지는 들로네는

내 느낌엔 약간 건조하지만(물론 더 중요한 건

여인의 눈에 아름다운 그의 두 눈일 테지만)

매우 고전적인 순수함을 간직한 얼굴로

그리스의 젊은 현인賢人처럼 거닐곤 했고,

그럴 때면 생각에 잠긴 긴 그림자가 그의 얼굴에 드리웠지.

어제 그는 마스코트가 달린 쌍안경을 눈에 대고

심하게 못생긴, 하지만 그의 눈에는 아름다워 보이는 한 여배우

88* 튜턴족과 킴브리족은 발트해 인근 유틀란트반도에 거주하던 게르만족의 일파다. 기원전 2세기경부터 갈리아 지역으로 남하하면서 로마군과의 오랜 전쟁 끝에 멸망했다.

를 바라보더군.

그 모습을 보고 웃음 지은 나를 그가 어서 용서해주길,

그가 내 외투가 밉다고 흉보면 피장파장이겠군!

그래도 그가 날 원망하지 않았으면 한다네.

그에겐 너무도 아름다운 두 누이가 있으니.[89]

"처음엔…… 그대들을 누가 누군지 알아보지 못했다네!" 나중
에 『꽃핀 소녀들의 그늘에서』의 화자는 해변에 온 한 무리의 소
녀들을 보면서 말한다. "솔직히 말해서 조금 전에야 본데다가 똑
바로 쳐다볼 수가 없었기에 나는 누가 누군지 알아볼 수 없었
다"[『잃어버린 시간을 찾아서』, 2권, p. 148]. 한편 "그리스의 젊은 현
인처럼" 거니는 들로네는 바다를 등지고 있는 소녀들을 보면서
화자가 격정에 휩싸여 던지는 물음을 예고한다. "저기 저 바다
앞에서 내가 본 것은 인간의 아름다움이 담긴 고귀하고 고요한
모델들, 그리스 해안에서 태양을 받으며 서 있는 조각상들이 아
닌가?"[같은 책, p. 149]

또한 상단에 카부르 그랑호텔 표시가 찍힌 똑같은 종이에, 생
루(초고에서는 이름이 '몽타르지'였다)가 게르망트가와 그 저택에
대해 말하는 대목이 적힌 초고도 있다[같은 책, p. 114].

---

89 끝부분은 없다.

발베크의 지리: 각자의 자리

굽은 해안선 위에 발베크 주변의 지명들이 다닥다닥 표시된 도면이 여섯 장 있다(《그림 5》 참조). 지도들에서 리브벨[90*]은 조금씩 다른 자리에 표시되지만, 밀집된 다른 지명들과 달리 매번 떨어져 있다. 지명들 중 일부에 프루스트는 주(註)처럼 번호와 함께 메모를 달아 기억해야 할 장소의 기능을 적어두었다. 예를 들어 "이따금 알베르틴이 나를 따라오는" 파르빌, "알베르틴이 사는" 멘빌, "엘스티르가 사는" 라소뉴 같은 곳들이다.

발베크 해변은 해안선의 한쪽 끝에, 구(舊)발베크는 다른 쪽 끝에 위치한다. 동시에르는 두 곳의 중간에 있다. 코타르는 도빌에 살고, 슈브르니는 에프르빌, 라라스플리에르와 캉브르메르 가족은 에글빌에 산다. 소뉴와 멘빌 그리고 파르빌은 아주 가깝고, 파르빌은 "이따금 알베르틴이 나를 따라서 같이 오는" 곳이다. 생마르스르비외는 샤를뤼스 남작이 사는 곳이라고 표시되어 있다.

『잃어버린 시간을 찾아서』 최종본에서는 등장인물들과의 분명한 연결이 사라지고, 지명들은 지방선 기차가 정차하는 작은 역의 이름으로만 언급된다.

90* 리브벨은 만(灣) 형태의 해안에서 발베크 건너편에 있는 도시로, 『꽃핀 소녀들의 그늘에서』에서 주인공이 그곳의 레스토랑에서 아름다운 여인들을 바라본다.

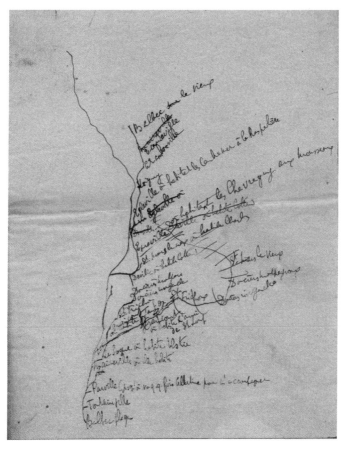

〈**그림 5**〉 발베크 인근의 노르망디 해안 지도.

『잃어버린 시간을 찾아서』를 몇 권으로 출간할 것인가

오늘날 우리가 읽고 있는 『잃어버린 시간을 찾아서』는 총 일곱 권으로 되어 있다.[91]* 하지만 처음 출간될 때는 구성이 달랐고, 프루스트가 써나가는 동안에는 더 많이 달랐다. 베르나르 그라세가 처음 세운 출간 계획은 『스완네 집 쪽으로』 뒤에 『게르망트 쪽』이 오는 것이었다. 『소돔과 고모라』 역시 처음에는 둘로 나뉘었다. 『게르망트 쪽 II』와 『소돔과 고모라 I』이 합쳐져 프루스트 생전에 마지막으로 출간된 『게르망트 쪽 II: 소돔과 고모라 I』이 나왔고, 『소돔과 고모라 II』는 1922년에 따로 출간되었다. 『잃어버린 시간을 찾아서』를 이루는 긴 내용이 각 권의 제목에 따라 일곱 권으로 다시 배치된 것은 프루스트의 사망 이후의 일이었다. 그래서 원래 프루스트의 의도는 더 여러 권으로 나누는 것이었다는 주장이 제기되기도 했다.[92] 일곱 권으로의 구성(상징적으로는 뱅퇴유의 칠중주에 상응한다)은 작위적이며, 프루스트 사

91* 『스완네 집 쪽으로』(1913), 『꽃핀 소녀들의 그늘에서』(1919), 『게르망트 쪽』 (1920~1921), 『소돔과 고모라 I, II』(1921~1922), 『갇힌 여자』(1923), 『사라진 알베르틴(사라진 여인)』(1925), 『되찾은 시간』(1927). 첫 권인 『스완네 집 쪽으로』만 그라세에서 출간된 뒤 일차세계대전이 일어나 이후의 일정이 늦어졌고, 『스완네 집 쪽으로』의 수정판과 함께 두번째 책인 『꽃핀 소녀들의 그늘에서』부터는 갈리마르에서 출간되었다.

92 Nathalie Mauriac Dyer, "Le cycle de *Sodome et Gomorrbe*: remarques sur la tomaison d'*À la recherche du temps perdu*"(Littérature, n° 92, 1988, pp. 62~71).

후에 일방적으로 결정되었다는 것이다.

하지만 프루스트가 그라세, 이어 갈리마르와 주고받은 미출간 편지들에 나타난 것은 조금 다르다.

지금까지 받아들여진 생각에 따르면, 베르나르 그라세가 『잃어버린 시간을 찾아서』의 1권 『스완네 집 쪽으로』를 독자들이 받아들일 만한 분량이 되도록 약 200쪽을 잘라내 분책分冊하려 했고 프루스트는 어쩔 수 없이 그 주장을 받아들였다. 실제 자크 리비에르에게 보낸 1914년 2월 6일 편지에서 프루스트는 『스완네 집 쪽으로』의 마지막 부분에 대해 "물질적인 이유로 500쪽을 넘지 말아야 했던 책을 끝내고 종결하기 위해 병풍처럼 세워 놓은 불로뉴숲 이야기"[『서간집』, 13권, p. 99]라고 말한다. 하지만 『스완네 집 쪽으로』를 한창 쓰고 있던 1913년 6월 초에 베르나르 그라세에게 보낸 편지에는 이미 이런 말이 나온다. "첫 권이 완성되기도 전인데 벌써 엄청난 분량의 책이 될 것 같군요. 상당히 골치 아픈 일이지만, 어쩔 수 없는 일이라면 미리 알고 있는 편이 나을 겁니다. 균형이 깨지지 않게 하려면 전체적인 구성을 바꾸고, 부部 제목 등도 바꿔야 할 테니까요"[『서간집』, 12권, pp. 189~190].

1913년 7월 상반기에 프루스트는 베르나르 그라세와 그 문제를 매듭지었다.[93] 그라세가 7월 2일 프루스트에게 보낸 답신은 이렇다.[94]

"친구분들이 제기한 반론은 충분히 이해할 수 있습니다. 700쪽 분량의 책을 배포하기란 분명 쉬운 일이 아닙니다. 하지만 설령 그렇다 해도, 책은 '책'다워야 합니다. 다시 말해서 완전해야, 그 자체로 충분해야 합니다. 어쨌든 분책 문제를 결정할 수 있는 사람은 작가님뿐입니다. 제시하신 두 가지 방법에 대한 저의 의견은 작가님이 분책 문제를 어떻게 결정하느냐에 따라 달라집니다. 첫번째 방법. 700쪽 분량을 350쪽씩 두 권의 책으로 나누어 세트로 판매하기.[95]

저로서는 내키지 않는 방법입니다. 이렇게 하면 물질적인 불편함 외에도 유통 과정의 어려움까지 생깁니다. 책 가격까지 3.5프랑이 아니라 7프랑이 되니까요. 덧붙여 말씀드리자면, 첫 권이 다음 이야기를 필요로 하는 시작 부분이고 둘째 권은 첫 권에 필연적으로 이어지는 내용일 경우 이런 식의 분책 판매는 요즘엔 거의 시행되지 않습니다.

두 권이 세트로 판매되지만 않는다면 350쪽 분량의 두 권으로 나눌 수도 있겠지만, 그러려면 각 권이 자체로 완결된 이야기여

---

93 그라세에게 보낸 한 편지(『서간집』, 12권, pp. 98~100)에서 알 수 있듯이, 이미 1913년 2월부터 제기된 문제였다.
94 이 편지에서 강조는 모두 베르나르 그라세가 한 것이다.
95 베르나르 그라세가 프루스트에게 쓴 편지들이 그동안 알려지지 않은 상태였지만, 이제 프루스트가 같은 시기에 자신의 에이전트 루이 드 로베르에게 쓴 편지에서 하는 말이 바로 이 제안에 대한 것임을 알 수 있다. "책은 800쪽까지는 아니고 680쪽 정도 될 것입니다. 당신이 정 원한다면 절반으로 자르지는 말고 500여쪽 정도에서 자르는 것으로 양보할 수는 있습니다"(『서간집』, 12권, pp. 217~218).

야 합니다. 만일 그런 조건이 충족된다면 350쪽짜리 책 두 권이라는 해결책이 옳다고 봅니다.

두번째 방법. 700쪽 분량의 3분의 2로 첫번째 책을, 나머지 3분의 1과 두번째 이야기의 3분의 1로 두번째 책을, 그리고 남은 3분의 2로 세번째 책을 만들기, 즉 500쪽짜리 책 세 권으로 분책하는 방식.[96]

각 350쪽씩 책 네 권으로 나누어 따로 유통하는 게 가장 좋겠지만, 그게 안 된다면 그나마 이 방법이 우리가 받아들일 만한 해결책입니다. 이에 대해서는, 앞서 말씀드렸듯 작가님이 결정해주셔야 합니다.

정리하자면, 저는 여러 책으로 나눈 뒤 함께 묶어 판매하는 것은 불가능한 해결책이라고 봅니다. 결국 각기 300쪽에서 400쪽으로 최대한 비슷한 분량이 되게 하여 따로 판매하는 게 가능할지가 문제입니다."

편지의 시작 부분에 따르면, 『스완네 집 쪽으로』의 분량을 줄이기로 한 것은 프루스트의 결정이었다(아마도 루이 드 로베르를 비롯한 주변 사람들이 부추겼을 것이다). 베르나르 그라세가 1913년 7월 2일에 보낸 편지를 보면 프루스트가 두번째 방법을 선택했

---

96 1913년 5월 후반에 프루스트는 1권의 교정쇄를 돌려보내면서 분명하게 밝혔다. "1권 제목은 『스완네 집 쪽으로』가 될 것입니다. 2권은 아마도 『게르망트 쪽』이 될 것이며, 그 두 권의 전체 제목은 『잃어버린 시간을 찾아서』로 할 생각입니다"(『서간집』, 12권, p. 176).

음을 알 수 있다.

　"그러니까 전화통화 때 말씀하신 것처럼 각 500쪽 분량의 세 권
짜리 책으로 결정하셨군요.97 분명 좋은 방법 중 하나입니다.
　오늘 즉시 작가님이 말씀하신 대로 인쇄지 45호 부분을 보내달
라고 인쇄소에 연락했습니다.
　우리의 첫 권이 될 500쪽 분량에 해당하는 부분을 작품의 통일
성을 보장할 수 있도록 수정하셔서 저에게 보내주시면 됩니다."

　한편『소돔과 고모라』의 일부를『게르망트 쪽』뒷부분에 붙이
고 나머지를 이듬해 나올 세 권에 앞서 따로 출간한 것은, 흔히
생각하는 것처럼 프루스트에게 있어 체계적이고 미학적인 기획
을 위한 선택은 아니었다. 가스통 갈리마르가 로베르 프루스트
에게 보낸 1923년 3월 26일 편지에 그와 관련한 중요한 증언이

97　하지만 같은 시기에 루이 드 로베르는 그라세가 가장 꺼리는 첫번째 방법을 택하
　도록 프루스트를 부추겼다. "난 꼭 '350쪽짜리 두 권'으로 했으면 하네. 자네 말
　대로 그것만 해도 작은 분량이 아니잖은가. 오히려 아주 빡빡하고 묵직한데다 두
　툼해지겠지!"[『서간집』, 12권, pp. 219, 239] 45호 인쇄지 이야기를 하는 것으로
　보아 우리가 소개하는 그라세의 편지와 아주 가까운 시기에 쓴 것으로 보이는
　다른 편지에서 프루스트는 700쪽을 넘기지 않을 생각밖에 없었다. "지금 첫 교
　정쇄를 받아보니, 분량이 우리가 넘기지 않기로 한 700쪽을 넘어설 것 같습니다.
　그렇게 되면 저는 첫번째 책 마지막 부분(교정쇄 10여 개 판)으로 생각했던 것을
　두번째 책 앞부분으로 넘기지 않을 수 없습니다. 문제는, 탁월한 예술적 안목을
　지니신 분이니 아시겠지만, 그냥 자른다고 끝이 되지는 않지 않습니까. 버터 덩어
　리를 자르듯 그렇게 쉽게 책을 잘라낼 수는 없다는 것을 이해하시리라 믿습니다"
　[『서간집』, 12권, p. 233].

담겨 있다. 가스통 갈리마르는 『소돔과 고모라』에 속하는 원고들을 전부 하나로 묶자고 제안한다.

"이제 마르셀의 작품들을 인쇄하고 출간하는 일이 어떤 조건과 어떤 물리적 어려움 속에서 이루어졌는지 아실 겁니다. 마르셀의 작업 방식 때문에 책을 만드는 중에도 구성을 완전히 바꿔야 했고, 편집 과정에서 그 책이 어느 정도의 비중을 가질지, 분량이 몇 쪽이나 될지 예측하기 어려웠습니다."

따라서 전체의 조화를 맞추기로 했다.

"그래도 전체 작품을 나누는 큰 틀은 그대로일 겁니다…… 단지 『게르망트 쪽 II』 뒤에 붙은 『소돔과 고모라 I』을 떼어내어 『소돔과 고모라 II』와 합쳤으면 합니다.
마르셀도 『게르망트 쪽 II』에 『소돔과 고모라 I』을 붙인 것을 몇 차례 후회했습니다.[98] 사실 그런 식의 구성은 자의적이죠. 이 저작을 구성하는 부분들이 서로 이어진다는 걸 보여주는 게 마르셀의 의도였지만, 그런 연속성이 지금은 어느 정도 잘 알려져 있으니 좀더 합리적인 구성으로 돌아가는 게 옳기도 하고, 저자가 원한 바에도 부합하는 것으로 보입니다. 지금의 구성 방식 때문에 그

---

98 강조는 필자.

책이 쉽게 읽히지 않는다고 불만을 토로하는 독자들도 많습니다. 게다가 제목들도 복잡해져서 혼선을 빚고 판매에 지장을 주기도 합니다."

여기서 『잃어버린 시간을 찾아서』의 세번째 권인 『게르망트쪽』에 분명한 자율성을 돌려준다는 정신적 이유가 주어진다. 하지만 각기 독립된 소설들이 아니라 연속적인 이야기의 일부임을 이해시키는 가장 큰 문제가 해결된 뒤, 대화나 편지가 남아 있지는 않지만, 프루스트 역시 1921~1922년에 처음 채택된 해결책에 더이상 집착하지 않았던 것 같다. 결국 일곱 권의 구성은 전적으로 프루스트 사후에 그의 의도와 미학에 반하여 이루어진 결정이 아니다.

파리 거리에서 외치는 소리들

흥미로운 자료가 있다(〈그림 6〉참조).『갇힌 여인』에서 주인공이 알베르틴과 함께 아파트에서 거리 상인들의 다양한 외침을 듣는 대목[『잃어버린 시간을 찾아서』, 3권, pp. 624~626]을 쓰기 위해 프루스트가 아파트 관리인에게 그 소리들을 듣고 기록해달라고 했음을 보여주는 자료다. "A. 샤르멜"이라는 서명을 보면, 오스만 대로를 떠난 프루스트가 배우 레잔99*의 아들 자크 포렐이 마련해준 로랑피샤가 8번지에 머물던 1919년 5월 31일부터 10월 1일 사이에 작성되었음을 알 수 있다.[100*] 샤르멜이라는 이름은 프루스트가 자크 포렐에게 보낸 9월 23일 편지에 언급되어 있고 [『서간집』, 18권, p. 401], 포렐의 회고록에도 "빈털터리가 된 늙은 자작 같은 외모에 머리를 금발로 물들인 80대의 관리인"[101]이라고 적혀 있다. 『잃어버린 시간을 찾아서』에서 샤르멜은 샤를뤼스 남작의 하인 이름이고[『잃어버린 시간을 찾아서』, 2권, p. 847], 모렐에게 새 이름을 지어주고 싶었던 샤를뤼스는 그에게 바로 이 샤르멜이라는 이름을 권한다[『잃어버린 시간을 찾아서』, 3권, p. 449]. 샤르멜의 메모는 다음과 같다.

염소지기가 하모니카인지 작은 피리인지로 자기 고향 노래를 불면서 지나갑니다.
발렌시아 오렌지요. 맛있는 오렌지, 싱싱한 오렌지요.
이런 것들이 거리에서 가장 많이 들리는 외침이고, 흉내내기 힘든 곡조와 억양까지 전해드릴 수 없어서 아쉽습니다. 칼갈이꾼

99* Réjane(1856~1920). 19세기 후반에서 20세기 초에 사라 베르나르Sarah Bernhardt 와 함께 파리에서 가장 사랑받는 배우였다.
100* 프루스트가 1906년부터 머물면서 『잃어버린 시간을 찾아서』를 쓴 오스만 대로 의 아파트는 외가 친척들의 공동소유였다. 1919년에 그 집이 갑자기 팔리면서 프루스트는 로랑피샤로 거처를 옮겼고, 인근 가로수들의 꽃가루가 천식을 일으킨 탓에 다섯 달밖에 머물지 못하고 다시 다른 곳으로 옮겨갔다.
101 Jacques Porel, *Fils de Réjane, souvenirs*, t. I, Paris: Plon, 1951, p. 331.

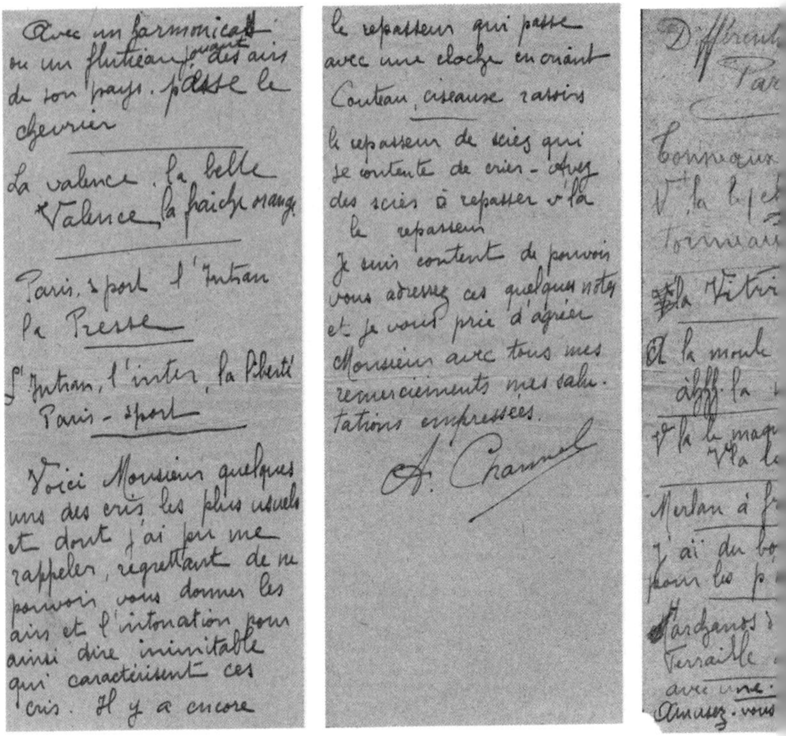

Avec un harmonica
ou un flutieau jouant des airs
de son pays. passe le
chevrier

La valence, la belle
Valence, la fraiche orange

Paris, sport l'Intran
la Presse

l'Intran, l'inter, la liberté
Paris-sport

Voici Monsieur quelques
uns des cris les plus usuels
et dont j'ai pu me
rappeler, regrettant de ne
pouvoir vous donner les
airs et l'intonation pour
ainsi dire inimitable
qui caractérisent ces
cris. Il y a encore

le repasseur qui passe
avec une cloche en criant
Couteau, ciseaux, rasoirs

le repasseur de scies qui
se contente de crier - avez
des scies à repasser v'la
le repasseur
Je suis content de pouvoir
vous adresser ces quelques notes
et je vous prie d'agréer
Monsieur avec tous mes
remerciements mes salu-
tations empressées.

A. Chamel

Différents
Par

Tonneaux
V'la le
Tonneaux

La Vitri

A la moule

V'la le

Merlan à

J'ai du
pour les

Marchands
ferraille
avec une
Amusez-vous

〈그림 6〉 아파트 관리인이 적어온 파리 거리의 외침.

Avec une corne

Avez-vous des chaises à
~~rempailler~~ cannez à rempailler
V'la le rempailleur
Avec une trompette.

Tout les chiens, coupe les
chats les queues et les
oreilles

Bon fromage à la crème
bon fromage

Ah la tendresse à la verdurette
Artichauds verts et tendres
artichauds

Pois verts pois verts au
boisseaux ~~pois verts~~ pois verts.

Haricots verts et tendres
Haricots

Avec une trompette
Raccommodeur de faïence
et porcelaine

---

musique petit bibre

Voilà le réparateur
de fayence et de porcelaine
Je répare le verre
le marbre le cristal
l'os l'ivoire l'albâtre
et objets d'antiquité
Voilà le réparateur

Voilà le tondeur de chie(n)
tondeur de chi(en)
Voilà le coupeur de cha(ts)
coupeur de cha(ts)

Raccommodeur de chaises
Voilà le raccommodeu(r)
Rempailleur

은 종도 치면서 소리 지릅니다. 칼 갈아요, 가위 갈아요, 면도날
갈아요.

톱날갈이꾼은 그냥 외치기만 합니다. 톱날 가실 분, 톱날갈이꾼
이 왔어요.

선생님께 이처럼 몇 가지 적어드릴 수 있어 무척 기쁩니다. 그럼
이만 인사드립니다.

A. 샤르멜

파리 거리의 갖가지 외침들

술통 사세요, 새로 나온 술통 사세요!

유리 끼웁니다!

싱싱한 홍합이요, 마—앗있는 홍합이요.

싱싱한 고등어 왔어요, 고등어 왔습니다.

튀김용 대구요 튀김용이요.

새들 먹일 별봄맞이꽃 있습니다.

옷장수, 헌옷장수, 고철장수가 크레셀[102*]을 돌리며 지나갑니다.

아주머니들 와서 보세요, 즐거움[103*]이 있습니다.

뿔나팔소리와 함께 의자 짚갈이꾼이 외칩니다.

[102*] 바람개비 형태의 나무를 돌려서 소리를 내는 놀이기구(중세 때는 행인들에게 나
병 혹은 흑사병 환자가 지나가는 것을 알리기 위해 사용했다).
[103*] 거리에서 과자를 팔러 다니는 상인들이 쓰던 말로, '즐거움, 쾌락'은 그들이 팔던
단맛 나는 과자를 가리킨다.

짚 갈아줄 의자, 등판 갈 의자 찾습니다.

나팔을 불며, 강아지 털 깎아요 고양이 꼬리와 귀 잘라요.

맛있는 크림치즈, 맛있는 치즈 있어요.

연하고 파릇파릇한 아티초크, 연하고 파릇파릇한 아티초크요.

완두콩이요 완두콩, 완두콩 말로 팔아요.

강낭콩이요 강낭콩, 부드러운 강낭콩이요.

수선꾼이 나팔을 불며 외칩니다.

유리 고쳐요, 대리석과 수정 고쳐요.

금, 상아, 백대리석

골동품

전부 고쳐드립니다.

주인공, '마르셀'과 프루스트

『잃어버린 시간을 찾아서』의 주인공과 프루스트의 문제적 관계에 대해서는 분석과 성찰이 많이 나와 있다. 프루스트 자신이 『갇힌 여인』의 몇 대목 [『잃어버린 시간을 찾아서』, 3권, pp. 583, 663]에서 이 물음을 강조하기도 했다. 그는 "만일 화자에게 이책의 저자와 같은 이름을 부여한다면"이라는 모호한 유보 조항과 함께 주인공을 마르셀이라고 부르게 함으로써 정보를 주는 동시에 거두어간다. 또한 『되찾은 시간』 중 "나는 젊었을 때 글

재주가 좋았으며, 베르고트는 내가 학창시절에 쓴 문장을 '완벽하다'고 말했다'[같은 책, 4권, p. 618]라는 문장에 붙어 있던 자필 메모는 독자를 한층 더 당혹스럽게 한다. "저자의 첫 책인 『쾌락과 나날』에 대한 암시"라는 메모는 허구적 자서전과 어울리지 않는다.

같은 맥락에서, 『사라진 알베르틴』에서 베네치아에 간 주인공이 노르푸아 자작과 빌파리시스 자작부인이 어느 장관 그리고 살비아티에 대해 나누는 대화를 우연히 엿듣는 대목의 초고도 있다.[104]

"그분 댁에 어떤 프랑스 작가가 있었는데, 조각나 흩어진 이탈리아를 다시 이으려 한 단눈치오[105*]를 단테에, 심지어 베르길리우스에 비하려 하더군요. 그러고는 아이네이스가 피우메[106*]로 가는 장면을 노래하고 단눈치오까지 들먹인 멋진 베르길리우스 모작시를 지었지요. 이름이 마르셀이었는데, 성은 기억나지 않네요."

---

104 이에 상응하는(하지만 주인공에 대한 언급은 없는) 장면에 대해서는 『잃어버린 시간을 찾아서』, 4권, pp. 209~218을 참조할 것.
105* 가브리엘레 단눈치오(1862~1938)는 이탈리아의 열렬한 민족주의자로, 일차세계대전 참전을 주장했고 종전 후에는 국제연맹과 이탈리아 정부가 소홀한 틈을 타 추종자들과 함께 '피우메 자유국'을 세웠다.
106* 크로아티아의 항구 도시 리예카의 이탈리아어 이름. 아드리아해와 내륙을 연결하는 지정학적 중요성을 지닌 도시로, 이탈리아인들이 많이 이주했다. 일차대전 이후에 이탈리아와 유고슬라비아 사이에 영유권 분쟁이 일어났다.

죽음

『되찾은 시간』의 끝부분을 위해 써놓은 한 초고에는 '죽음' 대목에 대해 "내가 가지고 있고 죽기 전에 책 안에 담아야 할 생각들 중에" 가장 중요한[107*] 것이라는 말이 나온다.

"죽는 것? 내가 책에 써놓으면 그 속에 계속 남아 있게 될 이 생각은 나의 일부가 아니겠는가. 따라서 책 속의 내 일부는 죽지 않을 것이다. 어쩌면 그것이, 가족과 사랑과 사교계의[108] 모든 경험이 가닿은 종착점일 테니 가장 중요하지 않겠는가. 아마도 책 속에서는 그 부분과 이 순간 아프고 잠을 못 자고 사랑에 변덕스러워하는 나의 자각 사이를 이어주는 끈이 끊어질 것이다. 하지만나는 베르고트를 통해 이 모든 것이 중요하지 않음을 이미 깨달았다. 그로부터 벗어나려고, 그래서 이 생각들을 만들어내려고애쓰지 않았는가. 그리고 반대로, 내가 만들어낸 생각들에 그 흔적이 없는 게 아니라 오히려 너무 많을까봐 두렵지 않은가."

107* 원어는 capitalissime. 이탈리아어로 '가장 중요한'을 뜻하며, 프루스트가 즐겨 사용한 단어다.
108 [Var.] "사교계의": 〈사교계의, 철학적인〉

옮긴이의 말

프루스트라는
대성당의 흔적을 찾아서

오랫동안 사람들은 프루스트가 이십대 중반에 출간한 첫 작품『쾌락과 나날』(1896) 이후『잃어버린 시간을 찾아서』의 집필에 전념하기까지 십 년이 넘는 시간 동안 창작을 버려두었다고 믿었고(그사이에 출간된『아미앵의 성서』(1904)와『참깨와 백합』(1906)은 러스킨 번역서였다), 심지어 프루스트의 삶은 "단춧구멍에 꽃을 꽂고 살롱을 드나들던 청년 시절"과 "대작을 집필하겠다는 일념으로 글을 쓰던 시기"로 단절되어 있다고 생각하기도 했다. 그러나 많은 이들이 공백기로 여긴 그 긴 시간 동안에 프루스트가 자신의 문학을 위한 노력을 이어갔으리라는 믿음을 지닌 이들도 있었고, 베르나르 드 팔루아도 그중 하나였다.

프루스트 연구자로 학위논문을 준비하던 팔루아는 프루스트의 가족이 보관하고 있던, 특히 『잃어버린 시간을 찾아서』 이전의 자료를 조사하는 과정에서 "삼인칭으로 쓰였지만 역설적으로 작가의 전기와 아주 가까운" 이야기를 찾아냈고, 1895년에 시자되어 이듬해 중단된 채 흩어져 있던 그 방대한 분량의 원고를 정리하여 소설 『장 상퇴유』(1952)를 출간했다. 이어 그는 프루스트가 『잃어버린 시간을 찾아서』를 쓰기 시작한 1908년경에 공책과 낱장 종이들에 써놓은 다른 원고들을 찾아내 생트뵈브의 전기적 방법론을 반박한 시론 『생트뵈브 반박』(1954)도 출간했다. 기념비적인 이 두 권의 출간은 베르나르 드 팔루아의 운명을 바꿔놓아, 이후 그는 논문을 중단하고 자신의 이름을 내건 독립 출판사를 세운 뒤 출판인의 길을 걷게 되었다.

그런데 프루스트 연구에서 베르나르 드 팔루아의 업적은 『장 상퇴유』와 『생트뵈브 반박』을 세상에 내놓은 데서 끝나지 않는다. 무엇보다 그는 젊은 프루스트의 글들을 미숙한 신예 작가의 습작이 아닌 훗날 그가 이루게 될 『잃어버린 시간을 찾아서』라는 찬란한 대성당의 전前 텍스트로 조명했으며(그가 준비하던 논문 중 한 부분이 훗날 『프루스트 이전의 프루스트』(2019)로 출간된다), 그러한 개인 연구 과정에서 수집하고 정리한 자료들을 다른 연구자들이 사용할 수 있게 함으로써 또다른 '프루스트 이전의 프루스트'의 글들이 세상에 나올 수 있는 문을 열어주었다.

『잃어버린 시간을 찾아서』라는 거대한 산에 가려져 있던 글들, 정확히는 프루스트 자신이 종이와 공책 등에 써놓은 뒤 출간을 위한 노력 없이 버려둔(출간 의도 자체가 없었을 수도 있다) 글들은 연구자들의 꾸준한 노력으로 독자들을 만나고 있다. 베르나르 드 팔루아 외에도, 필립 콜브가 프루스트의 서간집을 준비하는 과정에서 찾아낸 원고들을 『새로 발견된 마르셀 프루스트의 글들』(1968)로 묶어 출간한 바 있고, 보다 최근에는 프루스트 사망 90주년을 맞아 미레유 나튀렐이 미공개 원고와 편지 등을 모은 『방주와 비둘기』(2012)를 출간했다. 그런데, 물론 소설이 아닌 글들도 넓은 의미로 『잃어버린 시간을 찾아서』의 전 텍스트로서의 의미를 지니겠지만, 『쾌락과 나날』과 비슷한 시기에 쓰인 단편소설들의 경우는 특별한 관심을 끌 수밖에 없다.

프루스트의 단편소설로 제일 먼저 독자들을 만난 것은 『쾌락과 나날』에 실린 「실바니아 자작 발다사르 실방드의 죽음」 「비올랑트 혹은 사교계의 삶」 「드 브레이브 부인의 서글픈 전원생활」 「어느 아가씨의 고백」 「시내에서의 저녁식사」 「질투의 끝」 등이고, 이후 상대적으로 일찍 알려진 작품으로 「어느 대위의 추억」과 「무심한 사람」이 있다. 「어느 대위의 추억」은 1952년에 베르나르 드 팔루아가 『르 피가로』에 실은 뒤 필립 콜브가 『새로 발견된 마르셀 프루스트의 글들』에 다시 실었다. 「무심한 사람」은 잡지에 실린 적이 있던 원고를 필립 콜브가 찾아내 소책자로 출간했고, 이후 1993년 갈리마르에서 나온 『쾌락과 나날』에 '남은 작품들'이라는 제목의 부록으로 「추억」 「*** 부인의 초상」

「밤이 오기 전에」 등과 함께 실렸다.

그리고 최근 프랑스에서 두 권의 소중한 책이 나왔다. 우선 뤼크 프레스가 팔루아출판사에서 출간한 『알 수 없는 발신자─프루스트 미출간 단편선』(2019)이다. 이 책에는 『쾌락과 나날』을 쓰던 시기에 쓰였지만 책에 실리지 않은 채 남아 있던 작품들, 즉 앞에서 말한 「어느 대위의 추억」 외에 「폴린 드 S.」 「알 수 없는 발신자」 「자크 르펠드」 「지하 세계에서」 「베토벤 8번 교향곡 이후」 「그녀를 사랑한다는 자각」 「요정들의 선물」 ""그는 그렇게 사랑했고……"」가 실려 있다. 프레스는 서문에서 이 단편들의 의미를 『쾌락과 나날』에 실린 단편들과 관련지어 설명한다. 다시 말해 공들여 준비한 첫 책에 오르지 못하게 만든 이유에서 역설적인 중요성을 찾은 것이다. 또다른 한 권은 나탈리 모리아크 디예르가 갈리마르에서 출간한 『75장의 원고와 다른 미출간 원고들』(2021)이다. 프루스트가 1909년경에 쓴 원고들을 모은 이 책에는 몇 년 뒤 세상에 나오기 시작할 『잃어버린 시간을 찾아서』의 초고라고 할 수 있는 글들이 실려 있다.

국내에서도 프루스트의 미출간 원고들이 출간되고 있다. 『밤이 오기 전에』(2022, 현암사)는 1993년에 재출간된 『쾌락과 나날』에 실린 단편들과 함께 2019년에 뤼크 프레스가 세상에 처음 내놓은 단편들을 한데 묶었고, 『익명의 발신인』(2022, 미행) 역시 프레스의 단편들을 가장 최근에 『75장의 원고와 다른 미출간 원고들』로 소개된 짧은 원고 일부와 함께 묶었다.

그리고 2022년 11월 18일 프루스트 사망 100주기를 목전에 두고 출간되는 이 책은 뤼크 프레스가 찾아낸 미출간 단편들을 그의 주석과 함께 그대로 옮긴 것이다. 프레스는 우선 아홉 편의 단편 앞에 붙인 해제들을 통해 각 작품이 갖는 의미를 설명하고, 무엇보다 같은 작품의 여러 이본(Var.)과 초고(Éb.)를 비교하는 상세한 주를 달아 독자들에게 프루스트 특유의 창작 노력 혹은 망설임을 엿볼 기회를 제공한다.

프레스는 또한 「서문」과 「부록」을 통해서 이 책에 실린 단편들에 특별한 빛을 비춘다. 우선 서문에서는 자신이 한 권으로 묶은 작품들이 오랫동안 버려져 있던 이유에 대해 말한다. 그에 따르면 이 아홉 편의 단편은 『쾌락과 나날』에 수록된 단편들에 비해 작가의 개인적 삶에 보다 직접적으로 연루되었기 때문에 어둠 속에 남게 되었다. 그 중심에 놓이는 것은 동성애라는 "개인적이고 정서적인 짐"이다. 프루스트가 이 글들을 버려둔 이유는 『쾌락과 나날』에 붙이고 싶어했던 '레베용城'이라는 제목을 포기한 이유와 같고, 이미 소개된 적 있는 「어느 대위의 추억」을 프레스가 이 책에 같이 묶은 이유이기도 할 것이다.

또한 프레스는 '『잃어버린 시간을 찾아서』의 뿌리'라는 제목의 「부록」에서, 프루스트가 남긴 원고들 중에서 발생론적 관점에서 흥미로운 새로운 자료들을 제시한다. 예를 들어 『갇힌 여인』에서 주인공이 알베르틴과 함께 아파트에서 거리 상인들의 다양한 외침을 듣는 대목을 쓰기 위해 프루스트가 아파트 관리인에게 적어오게 한 「파리 거리에서 외치는 소리들」이 있다. 무엇보다 『잃어버린 시간을 찾아서』의 유명한 첫 문장 "오랫동안 나는 일찍 잠자리에 들었다"와 관련하여 "오랜 세월 동안"이나 "여러 해 동안"보다 모호한 "오랫동안"이란 낱말을 선택하게 된 과정을 통해, 프루스트가 문장 하나를 완성하기 위해 얼마나 고심했는가를 보여준다.

모든 작품은 출판되기 이전에는 유동적인 세계이며, 프루스트가 남긴 다양한 이본들이 보여주듯 작가는 다양한 유혹을 체험하고 가능한 어휘와 표현들 사이에서 망설이고 끊임없이 지워가며 선택을 이어간다. 어떤 의미에서는, 최종적으로 선택한 것들로 세상에 내보이는 자기 모습을 완성하는 작가는 선택되지 않은 더 많은 것들로 이루어진다! 그래서 그 과정을 엿보는 것은 우리에게 완성된 작품을 만나는 것과 다른 즐거움을 준다. 작가는 어느 한순간 뮤즈의 도움으로 단번에 작품을 써내려가는 게 아니라 오랜 시간에 걸친 노력을 통해 하나의 작품을 만들어간다는 점에서, 수고본이라는 물질적 흔적을 통해 작품의 기원을 찾아가고, 텍스트의 탄생 과정을 통해 완성된 작품의 의미를 넓히는 발생론적 접근은 독자들에게 더욱 입체적인 프루스트를 만날 수 있는 길을 열어준다.

프루스트는 이 책에 실린 단편 「요정들의 선물」에서 만일 예술가들이 없으면 "삶이 얼마나 어둡고 음울하겠는가"라고 묻는다. 요정들의 선물은 바로 우리에게 "우리 영혼이 알지 못하던 힘, 우리가 사용함으로써 더 커지는 그 힘을 찾아내"주는 데 있기 때문이다. 그러나 우리의 즐거움은 예술가들의 고통에서 흘러나오는 땀으로 이루어진다. 만일 작가가 되지 않았더라면 천식과 더불어 주어진 그 섬세한 감수성으로 아마도 더 고통스러웠을 프루스트는 다행히 요정의 선물이 그에게 주어졌음을 일찍부터 알았을 것이다. 그리고 그런 확신과 절망적인 소망 덕분에 지금 독자들은 프루스트라는 대성당을 바라보고 그 안에 들어갈 수 있게 되었다.

2022년 10월

윤진

문학동네 세계문학

알 수 없는 발신자

프루스트 미출간 단편선

초판 인쇄 2022년 10월 5일 | 초판 발행 2022년 10월 18일

지은이 마르셀 프루스트 | 해제 뤼크 프레스 | 옮긴이 윤진
기획 이현자 | 책임편집 송지선 | 편집 홍상희
디자인 백주영 | 저작권 박지영 형소진 이영은 김하림
마케팅 정민호 이숙재 박치우 한민아 이민경 안남영 왕지경 김수현 정경주
브랜딩 함유지 함근아 김희숙 고보미 박민재 박진희 정승민
제작 강신은 김동욱 임현식 | 제작처 영신사

펴낸곳 (주)문학동네 | 펴낸이 김소영
출판등록 1993년 10월 22일 제2003-000045호
주소 10881 경기도 파주시 회동길 210
전자우편 editor@munhak.com | 대표전화 031) 955-8888 | 팩스 031) 955-8855
문의전화 031) 955-3578(마케팅) 031) 955-2686(편집)
문학동네카페 http://cafe.naver.com/mhdn
인스타그램 @munhakdongne | 트위터 @munhakdongne
북클럽문학동네 http://bookclubmunhak.com

ISBN 978-89-546-8917-5 03860

www.munhak.com